A favor da Terra e do humanismo

Pierre Rabhi
Prefácio de Nicolas Hulot

A favor da Terra e do humanismo

Tradução
Marcelo Mori

martins fontes
selo martins

© 2015 Martins Editora Livraria Ltda., São Paulo, para a presente edição.
© 2008, Actes Sud.
Esta obra foi originalmente publicada em francês sob o título
Manifeste pour la Terre et l'humanisme
por Actes Sud.

Publisher *Evandro Mendonça Martins Fontes*
Coordenação editorial *Vanessa Faleck*
Produção editorial *Susana Leal*
Preparação *Luciana Lima*
Revisão *Regina Schöpke*
Lucas Torrisi

Dados Internacionais de Catalogação na Publicação (CIP)
(Câmara Brasileira do Livro, SP, Brasil)

Rabhi, Pierre
  A favor da Terra e do humanismo / Pierre Rabhi ;
prefácio de Nicolas Hulot ; tradução Marcelo
Mori. – São Paulo : Martins Fontes - selo Martins, 2015.

Título original: Manifeste pour la Terre et
l'humanisme.
ISBN 978-85-8063-239-2

1. Agricultura sustentável 2. Ecologia agrícola
I. Hulot, Nicolas. II. Título.

15-06150   CDD-333.76

Índices para catálogo sistemático:
1. Terras agrícolas : Conservação e proteção
333.76

Todos os direitos desta edição reservados à
Martins Editora Livraria Ltda.
Av. Dr. Arnaldo, 2076
01255-000 São Paulo SP Brasil
Tel.: (11) 3116 0000
info@emartinsfontes.com.br
www.emartinsfontes.com.br

Sumário

AGRADECIMENTOS 7

PREFÁCIO - Prioridade às consciências, *por Nicolas Hulot* 9

PREÂMBULO 15

PRIMEIRA PARTE - A TERRA

Em direção a um *tsunami* alimentar mundial 19
O absurdo lógico da agricultura moderna, suas devastações e suas aberrações 27
Sair do impasse do sistema econômico atual 43
A sinfonia da terra 55
As soluções propostas pela agroecologia 63

SEGUNDA PARTE - O HUMANISMO

A problemática humana como fonte das desordens humanas e ecológicas 75
O que é o humanismo no século XXI? 81
Um humanismo universal estaria, finalmente, na ordem do dia da história da humanidade? 89
A beleza poderia salvar o mundo? 93

POSFÁCIO - O movimento a favor da Terra e do humanismo, *por Cyril Dion*

Como agir? Uma nova concepção da política 99
Alguns exemplos de realizações ligadas ao movimento a favor da Terra e do humanismo 107
O que o movimento a favor da Terra e do humanismo propõe? 115

ANEXO - Que planeta deixaremos para nossas crianças? Que crianças deixaremos para o planeta? Carta internacional pela Terra e pelo humanismo 119

Agradecimentos

O conteúdo deste manifesto representa uma espécie de síntese do que me parece essencial dizer ao longo de meu itinerário de quarenta e cinco anos de reflexão e engajamento.
Esta obra contou com a participação de Agnès Florence, Claire Eggermont, Cyril Dion, Jean-Paul Capitani e Michèle Rabhi.
É muito provável que, sem a sua participação ativa, a tarefa tivesse sido muito difícil, ou até mesmo impossível para mim sozinho.
Todos têm minha afetuosa gratidão.

Pierre Rabhi

Prefácio

Prioridade às consciências

É preciso ouvir esse homem.

Suas palavras não caem do céu nem provêm de círculos bem-pensantes. Elas têm o peso de uma trajetória de vida excepcional, que mistura a dura experiência do contato com o real ao engajamento infalível a serviço das convicções. Pierre Rabhi vem de longe e não deve nada a ninguém. A vida não foi fácil para esse menino do deserto argelino: ele teve que se matar de trabalhar fazendo milhares de pequenos serviços para sobreviver desde sua chegada à França, trabalhando nas fábricas, e em seguida, arrancando a subsistência familiar nos campos pedregosos de Ardèche. Mas Pierre aparou os golpes. Ele fez de seu percurso pessoal o fundamento de uma reflexão profunda e singular.

É difícil acreditar, considerando-se a severidade das dificuldades que teve que enfrentar, mas Pierre considera que a vida na Terra é um presente inesperado. Ele se sente feliz a cada dia por poder manter uma relação aprazível com o mundo à sua volta, no qual ele percebe, primeiramente, a beleza e a harmonia. O mal-estar, tão profundamente ancorado na psique contemporânea, parece não o atingir. Pierre se sente feliz em viver porque a natureza o encanta e porque ele sente a vida como uma realização pessoal. Dessa maneira ele está, espontaneamente, ligado à existência e a tudo o que existe, a tudo que vibra, palpita ou se transforma; assim, ele extrai sua força e seus valores desse húmus fundamental. Mas também é aí, nessa matéria viva, que ele vai buscar sua revolta, uma revolta poderosa e pacífica que acompanha cada um de seus atos de vida.

Pois se Pierre é feliz em viver, ele tem ao mesmo tempo medo, um grande medo de que o fio da vida acabe por se romper. Já faz muito tempo que ele percebeu os sinais do possível desastre. Ele observou e constatou a irrupção cada vez mais massiva de uma crise inédita da civilização humana, que se manifesta pelo esgotamento dos recursos da terra e pela ruptura dos equilíbrios naturais, além da degradação das consciências. Do ponto de vista dessa regressão, os processos habituais da agricultura, que passaram da nobre missão de alimentar os homens a uma lógica destruidora da terra-mãe, constituem a mais importante demonstração de seu livro.

Quem hoje não lhe daria razão? Cada um, desde que abra os olhos, pode agora chegar às mesmas conclusões. Há alguns anos, aqueles que já tinham chegado às mesmas constatações e, por essa razão, sentiam-se angustiados, não eram muitos. Infelizmente, Pierre e os ecologistas tinham razão! Zombavam do seu "catastrofismo" quando insistiam no fato de que estávamos chegando à beira do precipício. Pois bem, o resultado está aí: a civilização está prestes a quebrar o pescoço. Realmente, a convergência das crises a que estamos assistindo em uma velocidade rápida – crise energética, crise climática, crise alimentar, crise do ser vivo – se está dirigindo diretamente a uma crise social planetária e a uma recessão econômica mundial cujos efeitos são imprevisíveis.

Então, nada é mais urgente do que proceder a uma mudança radical de parâmetro e de perspectiva. "Mudar para não desaparecer", diz Pierre. No entanto, aquilo que ele propõe não é somente do âmbito de um programa clássico de mudança econômica e social. A ruptura deve ser mais profunda. Pierre se dirige a cada consciência individual para que "tome consciência do inconsciente" e para que ela mesma opere sua mutação, escapando das armadilhas da vontade de poder e das pulsões de dominação. Porque Pierre está convencido, e nós também, de que é preciso voltar ao homem. Sem a apropriação individual dos valores de sobriedade e de moderação, sem responsabilização, sem revolução dos espíritos, em resumo, sem transformação interior dos indivíduos, a transformação do mundo será um fracasso. "O ser humano é seu próprio obstáculo no caminho rumo à libertação", escreve Pierre. Existem, indubitavelmente, muitos outros obstáculos de todas as ordens – políticas, econômicas, filosóficas, religiosas –, mas esse, que se encontra no interior de cada um de nós, é o maior.

Assim como Pierre, acredito que a "insurreição" das consciências individuais contra tudo o que as aliena e que destrói seu meio de vida é uma condição necessária para que a humanidade escape do pior e, ao mesmo tempo, construa as bases de uma nova época de bem-estar. Espero que este livro possa contribuir para isso.

Nicolas Hulot
Presidente da Fundação Nicolas Hulot
para a Natureza e o Homem

Para além das categorias, dos nacionalismos, das ideologias, das divergências políticas e de tudo o que fragmenta nossa realidade comum, é a insurreição e a organização das consciências que eu conclamo hoje para compartilhar o que a humanidade tem de melhor e evitar o pior.

Essa coalizão me parece mais do que nunca indispensável, dada a amplitude das ameaças que pesam sobre nosso destino comum, essencialmente aquelas decorrentes de nossas grandes transgressões.

Por "consciência" eu entendo esse lugar íntimo em que cada ser humano pode, em toda a sua liberdade, medir sua responsabilidade em relação à vida e definir os engajamentos ativos que lhe inspiram uma verdadeira ética de vida para si próprio, para seus semelhantes, para a natureza e para as gerações futuras.

Preâmbulo

Há mais de quarenta anos, minha existência está engajada em tentar participar da conciliação da história humana com os imperativos estabelecidos pela Natureza desde suas origens. Essa conciliação se revela, mais do que nunca e do modo mais irrevogável, indispensável à sobrevivência de nossa espécie.

Com a preocupação de sempre fazer o que eu digo e de dizer o que eu faço, fui levado, tanto oralmente quanto por escrito, a servir de todas as maneiras possíveis a uma visão do mundo que me parecia justa. Durante esse percurso, consegui chamar a atenção, sem nenhuma intenção, de um público cada vez maior e obter cada vez mais adesões a uma mensagem ecológica e humanista paradoxal e radical. Eu continuo ainda hoje a abrir passagem na complexa sociedade contemporânea para que os valores que me animam não sejam levados pela enchente do rio de um mundo que não sabe para onde vai.

Segundo Antoine de Saint-Exupéry, "escrever é uma consequência", e é assim que eu continuo a entender a escrita. Meu percurso pessoal explica minha abordagem e o meu olhar sobre a Terra e sobre meus semelhantes. Os valores em questão neste manifesto transcendem, obviamente, minha simples existência, e este escrito visa apenas afirmar que o mundo insatisfatório que nós edificamos pode tornar-se outro se quisermos realmente, com toda nossa convicção e nosso fervor ativo. Em 1984, publiquei um livro intitulado *Du Sahara aux Cévennes* para descrever detalhadamente um itinerário singular, tendo como pano de fundo uma busca espiritual que se liberta de qualquer identidade ou pertencimento para se tornar uma busca pelo simples encantamento diante da beleza da vida. A recepção dessa obra pelo público evidenciou o alcance de um ponto de vista que só pode ser elucidado e circunstanciado por seu testemunho. Não tendo nenhuma habilitação para nenhum ensino nem autorização válida para alguma disciplina, instituição ou competência convencional, o presente manifesto constitui uma espécie de síntese do tema desse engajamento.

Tenho a profunda convicção de que, hoje, a sobrevivência da espécie humana não poderá dispensar a integração de duas noções fundamentais: o respeito pela Terra como planeta ao qual devemos a vida e do qual não podemos nos dissociar (e a seu prolongamento direto que é a terra-mãe), e o advento de um humanismo planetário, a única perspectiva capaz de dar sentido à história da humanidade enquanto fenômeno.

Primeira parte

A Terra

O planeta não nos pertence: nós pertencemos a ele. Nós passamos, ele permanece.

Em direção a um tsunami alimentar mundial

Durante toda minha vida, empenhei minha energia em alertar sobre a tragédia alimentar mundial que eu via se projetar. Paralelamente, trabalhei no começo para mim mesmo, e em seguida, para os camponeses mais desfavorecidos, desenvolvendo técnicas que permitissem que as populações reencontrassem a capacidade de se alimentar por si próprias, qualquer que fosse seu meio ambiente. Infelizmente, minhas previsões são hoje confirmadas pela atualidade, e como havíamos previsto junto com outros pioneiros da agricultura biológica, a agroecologia é, atualmente, apresentada como uma alternativa incontornável. Neste capítulo, parece-me essencial falar novamente sobre uma visão geral da catástrofe que nós enfrentamos e sobre as soluções que podemos trazer a partir da perspectiva de quarenta anos de experiência e de observações.

O mundo corre o risco de ter cada vez mais fome e o Ocidente não será poupado

A crise alimentar está na nossa porta e ela já causou devastações. As revoltas, especialmente aquelas do início de 2008 no Haiti, na República dos Camarões, no México, no Egito, em Burkina Faso... são a prova disso. A lista dos países afetados é longa e trágica. A FAO – Organização das Nações Unidas para Alimentação e Agricultura – recenseou cerca de trinta países nos quais o aumento dos preços dos alimentos foi catastrófico. Em aproximadamente um terço destes (entre os que sofreram com a crise) adicionam-se problemas políticos, insegurança e até mesmo guerra civil a essa penúria alimentar. Para cada aumento de 1% no preço dos produtos básicos, segundo os dados do FIDA – Fundo Internacional de Desenvolvimento Agrícola –, aumenta em 16 milhões o número de pessoas em estado de insegurança alimentar. De hoje até

2025, 1,2 bilhão de seres humanos poderão sofrer cronicamente de fome, ou seja, 600 milhões a mais do que o anunciado pelas previsões anteriores.

Os países chamados de desenvolvidos não estão imunes à penúria alimentar. Poucos de nossos concidadãos, acostumados à superabundância de uma alimentação cada vez mais adulterada e tóxica que se acumula nas suas lixeiras, podem hoje imaginar isso. A certeza de nunca sofrer com a penúria adormece os espíritos, que se parecem centrar apenas nas mudanças climáticas: no auge do verão, em que predomina o risco de incêndios, fala-se a cada ano de ondas de calor, seca, incêndios, falta de água; quando os veranistas voltam a suas cidades de trabalho e essas preocupações se dissipam, começa-se a falar sobre as enchentes e sobre um eventual inverno rigoroso. Essas preocupações, porém, são insignificantes diante dos sinais precursores de uma penúria mundial. No entanto, todos os parâmetros que dizem respeito a essa questão já são negativos há anos. Suas combinações revelam dias muito difíceis em curto e médio prazo e, se resoluções não forem tomadas para afastar esse perigo, o mundo terá cada vez mais fome. Essa problemática, a maior entre todas, deve ser o objeto de uma pedagogia incisiva. Pouquíssimos de nossos concidadãos estão conscientes da terra e dos fundamentos que a regem. Entre os fatores cujas conjunções nos conduziram a essa situação, podemos citar em especial:

- A erosão acelerada dos solos pela água, pelo vento, pelo desmatamento e pelas práticas agrícolas negligentes que compactam, desvitalizam e asfixiam os solos e por um maquinário cada vez mais pesado e violento.
- A salinização acelerada dos solos em diversos lugares do planeta.
- A destruição dos metabolismos naturais da terra fértil pelos produtos agroquímicos e suas consequências diretas: poluição das águas e dos meios ambientes naturais, prejuízo à saúde pública, entre outros.

- A perda considerável de biodiversidade vegetal e animal selvagem e doméstica, patrimônio vital da humanidade constituído há 10 ou 12 mil anos, ao longo da prodigiosa epopeia da agricultura.
- As manipulações genéticas cegas, a patenteabilidade e a privatização do ser vivo que roubam dos povos seu patrimônio genético milenar, tornando-os dependentes de sementes estéreis, cujas consequências negativas sobre a saúde e o meio ambiente foram evidenciadas por testes científicos rigorosos (a esse respeito, é possível ler, por exemplo, o estudo muito bem documentado de Marie-Dominique Robin, *Le monde selon Monsanto*).
- A eliminação dos camponeses – que sempre mantiveram, no conjunto dos territórios, uma alimentação diversificada – em benefício de macroestruturas de produção, de transformação e de transportes incessantes, agravando assim, consideravelmente, a dependência das populações de um sistema aleatório e arbitrário. O menor obstáculo ao direcionamento ou à produção resultaria, hoje, em um déficit instantâneo dos estoques, de tal modo que se prefere manter um fluxo no limite em vez de se criar uma poupança alimentar.
- A loucura "agronecrocombustível" que está se preparando para fazer da terra-mãe, cuja magnífica missão é a de alimentar a humanidade, uma fornecedora de combustível para sustentar o frenesi da mobilidade a qualquer preço. Diga-se de passagem, a raridade e o alto preço do petróleo terão, fatalmente, incidência na produção e penalizarão em especial a agricultura do terceiro mundo, levando em conta a equação: três toneladas de petróleo para uma tonelada de adubo.
- O consumo excessivo de proteínas animais na proporção de doze proteínas vegetais para uma de proteína animal. Segundo a FAO, 30% das terras férteis do planeta são hoje destinadas à alimentação animal e, uma grande parte, para a pecuária europeia e norte-americana, privando assim inúmeras populações que

têm fome de terras disponíveis. Diga-se de passagem, quaisquer que sejam as escolhas alimentares (vegetarianas ou não), a condição que é dada aos animais, considerados como máquinas de produção de proteínas, é intolerável. Ela é indigna de uma sociedade dita evoluída. Experiências de criação ao ar livre e alimentação natural se mostraram bem pertinentes e inteligentes para o fornecimento de proteínas animais de qualidade.

• A destruição das abelhas, às quais devemos esse maravilhoso produto chamado mel e também – sobretudo – 30% de nossa alimentação por meio da polinização.

• As mudanças climáticas acrescentam a todos esses parâmetros na maior parte reformáveis, se tivermos a vontade de fazê-lo – alguns fatores imprevisíveis sobre os quais os humanos não têm nenhum domínio. Fenômenos como seca aguda, inundação, elevação ou diminuição anormal de temperaturas já acontecem. E não é uma lenda achar que eles possam atingir magnitudes devastadoras e fazer com que nossos projetos não tenham futuro. Pois nós estamos entrando em uma era na qual, diante das planificações do homem, a natureza vai decidir e vai impor limites. Porque, ao contrário de uma ilusão mantida para nos confortar, não dominamos a natureza. Compreender e integrar essa evidência seria uma prova de realismo, de lucidez e de inteligência.

A tragédia da penúria alimentar: o fracasso mais desonroso e escravizante

Talvez seja o estado de um mundo minado por suas incoerências que cause, segundo as circunstâncias, a cólera ou a compaixão; ele mal conhece outra governança além daquela inspirada pela devoção incondicional ao bezerro que dizem ser de ouro e que, rígido, brilhante e frio, levanta o focinho triunfante, à espreita na alma e no coração do ser humano. É ilusório acreditar que o dinheiro obedece à racionalidade; o que chamamos de economia traduz apenas um desejo material permanente e incessantemente insaciável; a política oferece apenas um triste espetáculo de atores efêmeros, que gesticulam e preenchem um tempo que não passa nunca, enquanto nós passamos. Minadas por esse ambiente e pelo medo dos desregramentos climáticos, poucas pessoas têm consciência das graves ameaças de penúria e de fome que se preparam insidiosamente. Para um número cada vez maior de nossos semelhantes no planeta, a penúria alimentar já é uma calamidade que os castiga dia a dia e os destrói. E essa tragédia é uma falha grave, imputável somente à consciência do gênero humano, e não à falta de recursos.

Eu sempre me lembro da imagem de uma mulher com o rosto exaurido, coberta de trapos e agachada na poeira de uma terra do Sahel, esta também agonizante. A mulher olha sem ver, com seus olhos envoltos pela febre. Na mama seca e achatada está pendurada uma criança esquálida, com os olhos fechados, uma espécie de esqueleto minúsculo quase irreal. Tal qual um passarinho que caiu do ninho, ela abre de vez em quando sua boquinha para gemer, mas não consegue, porque está guardando um sopro inconsistente para manter uma vida mais do que incerta.

É dessa maneira que a vida é dada a milhões de crianças, como para que testemunhem a crueldade da vida. Porque procriar não é somente um ato dos mais fáceis e banais, mas também é baseado em um dos prazeres mais intensos que se possa experimentar. Basta um curto instante para determinar todo um destino. Isso não é algo aterrorizante e incompreensível?

Para aqueles que todos os dias morrem de fome, cada dia é tarde demais

Vi inúmeras mães como ela vagando pela estepe em busca de algumas gramíneas espinhentas e duras que, para a obtenção de uma fonte de sobrevivência, devem ser esmagadas durante horas. Mulheres exaustas pelo árduo trabalho imposto pela vontade extrema de arrancar os filhos da morte. Esses esforços, que as empurram dos seus limites, apenas lhes permitem em geral adiar essa morte que permanece iminente a cada instante e que acaba, mais que frequentemente, por triunfar. No final, acaba-se não se sabendo mais se essa ruptura não é mais benéfica do que trágica, quando ela põe fim a uma longa e cruel agonia. Mas a morte das crianças, contrariamente à dos velhos, continua a nos afligir, pois ela não pertence ao ciclo natural da vida. Ela parece transgredir um princípio intangível.

Dizem que nunca é tarde demais para agir, mas para as 15 mil ou 20 mil crianças que morrem a cada dia de fome, cada dia é tarde demais. Isso deveria provocar uma formidável insurreição das consciências, seguida de atos que reparariam um prejuízo, sobretudo porque a fome é o resultado de uma espécie de estratégia programada e, frequentemente, é agravada pelas guerras internas e pelas secas.

Nada pode justificar a fome: o planeta guarda recursos em abundância para satisfazer às necessidades de todos os seus filhos

Eis-nos instalados em um dilema: a excessiva proliferação humana não é, obviamente, desejável em condições de precariedade; no entanto, o planeta guarda recursos em abundância para satisfazer às necessidades de todos os seus filhos. Qualquer racionalidade nesse domínio é um fracasso por causa da subjetividade, das pulsões, das emoções, dos desejos e esperanças, das aspirações e medos que compõem e decompõem nossa humanidade. A crueldade é, nesse caso, imputável aos seres humanos incapazes de compartilhar e de serem igualitários, à insaciabilidade de alguns poucos em detrimento de muitos outros, à cumplicidade condenável dos Estados que não podem ou não querem proteger sua população da indigência programada, quando eles próprios não estão muito frequentemente contaminados pela corrupção.

Sabemos do que a comunidade internacional é capaz no caso da produção de armamentos, de proezas inúteis, de divertimentos dispendiosos, de pilhagem ou de guerra. Nesse contexto, a fome é insuportável. Ao sofrimento físico, que já é insustentável, soma-se uma profunda regressão moral e psíquica para o ser humano que tem fome. O instinto animal de sobrevivência se exacerba e o alimento se torna uma obsessão que não dá lugar a nenhum outro pensamento. Como violência gera apenas violência desde os primórdios, precisaremos, a partir de agora, da força do húmus vital, ao mesmo tempo símbolo e matéria, cujo poder de aumentar ao máximo a fecundidade das terras já foi demonstrado como antídoto para a precariedade alimentar.

É por isso que a minha obsessão, atualmente, é propagar as técnicas da agroecologia, cuja eficácia e os benefícios foram validados pelos camponeses mais desfavorecidos.

O absurdo lógico da agricultura moderna, suas devastações e suas aberrações

Podemos racionalmente nos questionar sobre o que pôde nos levar a uma situação tão dramática visto que, há trinta ou quarenta anos, os progressos da agricultura industrial prometiam colocar fim à fome no mundo. Mas quais foram, de fato, as consequências dessa reviravolta inédita na história milenar da agronomia?

Com as grandes comoções do mundo contemporâneo, a agricultura evidentemente sofreu transformações consideráveis, sobretudo no mundo ocidental, no qual a opção industrial modificou bem rapidamente a repartição das populações no espaço. Os polos industriais drenaram primeiramente a mão de obra rural como força de trabalho para a extração de minérios para os altos-fornos, para o trabalho de linha de produção. Foi o estopim de um processo que só cresceria. É importante saber como dar alimentos a um importante número de populações que abandonaram a terra com menos agricultores.

Para explicar a mutação da agricultura, em especial na Europa, os trabalhos do químico alemão Justus von Liebig, inventor do tablete de caldo de carne concentrado, são frequentemente invocados. Para aumentar a produtividade, ele precisava entender os mecanismos de fertilidade dos solos. Liebig escolheu, para isso, o protocolo de pesquisa mais direto: queimar as plantas e analisar suas cinzas para evidenciar as substâncias que as compõem (substâncias que, teoricamente, foram resgatadas pelas plantas do solo e, logo, exportadas pelas colheitas). Liebig supôs que essa absorção diminuía a fertilidade e que era, obrigatoriamente, necessário restabelecê-la. A análise das cinzas mostrou certo número de nutrientes, entre os quais os três elementos mais importantes: nitrato, fósforo e potássio (a famosa fórmula NPK) aos quais se adicionava o cálcio. Segundo sua lógica, bastava restituir essas substâncias ao solo para restabelecer o equilíbrio comprometido pela absorção. Essa teoria provocou a elaboração do princípio da restituição mineral com os adubos chamados de artificiais. O nitrato e o fósforo eram, até então, fabricados maciçamente para usos militares e foi apenas, ao que parece, a conjunção com os trabalhos de Liebig que orientou seu uso para a agricultura.

Desde as primeiras aplicações, os adubos químicos revelaram sua capacidade de aumentar eficazmente a produção. Foi a primeira contribuição importante da indústria para a agricultura, que será seguida pela dos equipamentos mecânicos – primeiramente elementares à tração animal, e depois movidos por si próprios. Com a indústria química, a mecanização agrícola se tornará um setor pleno, permitindo ao agricultor dar à agricultura uma orientação inspirada nos princípios industriais. O adubo químico, que se tornou solúvel para ser assimilado de modo mais fácil e rápido pelas plantas, provocará um empobrecimento progressivo em microelementos, tratando o solo como um simples substrato em vez de tratá-lo como um organismo vivo.

O trágico balanço econômico, ecológico e social da indústria agrícola

Nessas circunstâncias, o camponês tradicional apegado à sua gleba e à sua carroça de tração animal dá lugar ao explorador agrícola capaz de alimentar cada vez mais concidadãos, equipado com suas máquinas, adubos, pesticidas e sementes selecionadas. O cavalo-animal desapareceu em proveito do cavalo-vapor. A paisagem, modelada por séculos de modificações segundo o princípio do equilíbrio agrossilvopastoril, é adaptada pouco a pouco à mecanização. Com a ajuda do produtivismo, os campos, depois da eliminação das cercas vivas e dos bosques, se tornam vastos espaços desnudados para uma monocultura ao mesmo tempo intensiva e extensiva. Aquilo que será chamado de "remembramento" é, na realidade, um verdadeiro desmembramento ou desmantelamento das estruturas de dimensão humana. Enquanto a indústria progride extraordinariamente, a agricultura é mobilizada para resolver as penúrias provocadas pela última guerra. Estimulada pelas subvenções à produção, a produtividade não para de crescer. As estruturas agrícolas se tornaram competitivas, com as estruturas menores concorrendo cada vez menos, apesar das garantias de um mercado sob contrato. A agricultura acaba dispondo de proteínas vegetais em abundância, e essa saturação corre o risco de constituir um limite à produtividade não mais agrícola, mas industrial, e, portanto, de impor um limite ao lucro financeiro. Para abrir novas vias para essa expansão, é necessário estimular novos comportamentos alimentares que simbolizem a prosperidade.

Do pão ao bife, em direção a uma fábrica infernal de proteínas animais

Influenciados provavelmente pela cultura norte-americana, passa-se então da necessidade de ganhar seu pão para a de ganhar seu bife. Contudo, é somente pela transformação de dez a doze proteínas vegetais que se pode obter uma proteína animal sob a forma de carne, leite, manteiga, ovo ou queijo. Dez quilos de cereais são necessários para que um boi forneça um quilo de carne. Essa proporção dispendiosa é acompanhada de uma fria racionalidade: como produzir o máximo de proteínas animais o mais rapidamente possível e no menor espaço possível? A resposta se encontra na produção em escala industrial. O animal não é mais percebido como uma criatura viva e sensível, mas como uma massa ou fábrica de proteínas empurrada ao desempenho produtivo por uma alimentação concentrada. A vaca, como todos sabem, herbívora, ruminante, tornou-se louca por causa de uma alimentação carnívora. Essa apoteose do absurdo foi cientificamente estabelecida e constitui uma das glórias da ignorância ou do cinismo a serviço da avidez.

A catástrofe da vaca louca perturbou de forma efetiva a indiferença e a tranquilidade quase generalizada, alertando o público sobre a prova da nocividade alimentar, em vão denunciada por terapeutas e pesquisadores durante décadas. O cidadão normal soube, enfim, que sua alimentação pode ser insalubre e até mesmo mortal.

Da diversidade interativa à especialização

Isso tudo resulta, evidentemente, em sofrimento, mas a obsessão por resultado econômico ultrapassa qualquer consideração. As indústrias concentracionárias de proteínas animais se multiplicam e solicitam igualmente as proteínas vegetais do terceiro mundo, mais baratas. Os excedentes de proteínas animais alcançam tamanha proporção que se torna necessário descartá-los ou estocá-los. Então, é preciso corrigir artificialmente a queda de remuneração dos criadores de gado – consequência da abundância excessiva – apelando para os recursos de todos os cidadãos. Pois é preciso evitar qualquer prejuízo ao produtor que deve continuar a produzir, dependente da coletividade por meio das subvenções. A intensificação prossegue, então, inexoravelmente. Os desertos de milho, trigo, cevada, girassol... aumentam, transformando a paisagem em um gigantesco tabuleiro de xadrez no qual o industrial da terra, solitário, permanece confinado na cabine de seu trator (trator que foi progressivamente equipado com os dispositivos mais modernos para ajudá-lo a superar o tédio causado pelo vazio e pela banalidade de uma terra, substrato impessoal, que não tem mais nem linguagem, nem vida, nem beleza). As fazendas de policultura e de criação organicamente constituídas como sistemas integrados, fundamentados na diversidade interativa, dão lugar à especialização: produtores de cereais, de frutas, de flores, de hortaliças, criadores de animais, viticultores...

A agricultura dita moderna não pode produzir sem destruir

Inspirada pelos processos e pelos mecanismos da lei do mercado e do lucro ilimitado, a agricultura chamada de moderna, como já entendemos, não pode produzir sem destruir. Diga-se de passagem, é impensável que uma atividade, cujo fluxo energético precise da combustão de doze calorias-petróleo para uma caloria alimentar, possa continuar indefinidamente. A escassez e o alto preço do petróleo, como já sublinhei, que têm uma incidência sobre o custo de produção, contribuem para o agravamento da penúria alimentar. É em grande parte às matérias-primas de baixo custo do terceiro mundo que o "milagre" agronômico deveu, e ainda deve, como nos trinta anos gloriosos[1], seus exageros e seus excedentes extravagantes. Esses excedentes precisam de dispositivos artificiais de apoio que ultrapassam as normas de um verdadeiro funcionamento econômico. É verdade que a agricultura industrial cumpriu sua missão, conseguir alimentar as populações essencialmente ocidentais, mas não resolveu de fato a desnutrição e a fome no mundo, que até mesmo foram agravadas pelas superproduções que invadem os mercados mais desfavorecidos.

A agricultura ocidental é, assim, paradoxalmente, uma das grandes causas da fome

Para os camponeses, existem poucas atividades humanas que acumulem tantas aberrações e que gerem tanto sofrimento quanto essa agricultura chamada de "moderna". Apesar dos erros inerentes a toda humanidade, o camponês era antigamente valoroso, educado pelas

---

1. Termo cunhado pelo economista francês Jean Fourastié para designar o período compreendido entre 1946 e 1975, no qual os países desenvolvidos tiveram um extraordinário crescimento econômico. (N. E.)

leis intangíveis e, às vezes, rigorosas da natureza. Ele herdou dela o bom senso, a resistência e a cadência. Ele também pagou um preço alto durante os grandes conflitos, arrastado na tormenta de uma ideologia que não lhe deixava nenhum direito à existência, após ter sido tirado de seu trabalho, tanto no norte como no sul, já que o lucro absolutamente colossal foi distribuído a uma minoria essencialmente urbana.

O meio natural também não sai ileso dessa história. Os pesticidas e os insumos químicos poluem, hoje, os solos e os lençóis freáticos. A mortalidade humana causada pelos pesticidas é considerável nos países do terceiro mundo e constitui um dos grandes escândalos da nossa era[2]. Com o tempo, o camponês, submetido a todos os doutrinamentos publicitários, negligenciou as sementes tradicionais ancestrais adaptadas a seu território, reprodutíveis, que correspondiam a seu equilíbrio alimentar e que lhe permitiam uma autonomia secular. Essa doutrinação o obrigou a adotar sementes híbridas estéreis que ele não controla e que é obrigado a comprar todos os anos, esperando dos organismos geneticamente modificados – OGM – que acabarão por torná-lo totalmente dependente. Seu trabalho torna-se uma espécie de pesadelo em que o medo de viver se torna maior do que o de morrer. O número de camponeses levados ao suicídio não para de crescer. Esse fenômeno é mantido em segredo e relacionado às perdas e lucros de um mecanismo internacional cuja abjeção só é igual à fria indiferença das almas que o compõe.

A "alimentação" deu lugar à "comilança"

A agricultura industrial permitiu a abundância de produtos alimentares a preços cada vez mais baixos, ao ponto de o gasto de uma família ocidental com a alimentação representar apenas algo em torno

---

2. Cf. sobre esse tema a obra de Fabrice Nicolino, *Les pesticides, un scandale français* [Os pesticidas, um escândalo francês].

de 15% de seu orçamento. Assim, o indispensável é banalizado, deixando uma margem ilimitada ao supérfluo. O magnífico termo "alimentação", que, além da matéria nutritiva, tem ressonâncias simbólicas e poéticas – em um elo com esse mundo de sabores sutis que, preparados com arte, alegram a alma e o corpo e favorecem o convivío –, deu lugar à "comilança", que designa essa matéria superabundante adulterada, manipulada e maculada. Dessa maneira, os bens da terra não chegam mais a nós como oferendas que, a cada estação, nos trazem no tempo e na hora certa um alimento impregnado de cadências, da paciência universal, da energia do cosmos e que tanto contribuiu para o bem-estar de todos os habitantes da Terra por sua diversidade abundante, sua manifestação prodigiosa da prodigalidade da vida.

Alimentar-se, para a massa das populações, consiste, muito pelo contrário, em engolir tudo o ano inteiro, ingerir produtos alimentares impessoais, anônimos, que transitam clandestinamente pelos estômagos e intestinos para assegurar a seu organismo-lixeira, supersaturado mas carente, o funcionamento metabólico de cuja economia necessita, imperativamente, para sobreviver.

E enquanto os terrenos incultos aparecem por todos os lados, um carrossel permanente de navios, aviões, navios cargueiros, trens e caminhões fazem transitar e entrecruzar alimentos de todos os pontos do globo. Essa coreografia delirante nos obriga então a consumir alimentos anônimos que percorreram milhares de quilômetros em detrimento daqueles que estamos em condições de produzir localmente. A lei do mercado obriga.

Na década de 1980, um caminhão deixou a Holanda para entregar tomates na Espanha. Ao mesmo tempo, outro caminhão saiu da Espanha para entregar tomates na Holanda. Os dois caminhões acabaram por bater em uma estrada francesa! Essa história real é uma caricatura que nos deveria fazer refletir sobre o absurdo de nosso sistema.

Bom apetite ou boa sorte? Uma triste ironia

Entretanto, eis que esse funcionamento revela graves disfunções, pois a segurança alimentar em termos quantitativos é acompanhada do que se deve realmente chamar de "insalubridade alimentar". O uso maciço de pesticidas sintéticos é particularmente dramático. Essa questão começa, afinal, a ser levada a sério ao se fazer a relação entre o alimento e a verdadeira praga de doenças chamadas de "estilo de vida", que, apesar de nossos conhecimentos e de nossos mais sofisticados equipamentos médicos, não param de se espalhar. Essas patologias – entre outras, câncer, doenças cardiovasculares e obesidade – são pela primeira vez consideradas problemas mundiais. Os gastos com saúde estão começando a ultrapassar os com alimentação nos países civilizados. Essa inversão é um dos grandes paradoxos dos países ricos. Ela assume o aspecto de uma trágica ironia. Em resumo, o alimento, o ar, a água, atributos fundamentais da vida, garantia de longevidade desde os primórdios, tornam-se pouco a pouco cúmplices da morte. Um humorista dizia que logo vai ser preciso, antes de uma refeição, desejar não mais "bom apetite", mas sim "boa sorte". Na velocidade em que andam as coisas, o humor correrá o risco de traduzir uma realidade totalmente objetiva, e a ironia já exprime uma tragédia e um paradoxo insanos: o alimento feito para manter a vida está em via de destruí-la; não podemos continuar mergulhando mais profundamente no obscurantismo, inclusive de uma ciência que, supostamente, deveria ser o antídoto.

A agricultura moderna: a mais vulnerável e a menos rentável de toda a história

Além de ser destruidora, a agricultura moderna é extremamente frágil. A cultura de milho, por exemplo, esgota os solos, precisa de muitos insumos – particularmente de pesticidas – e, para completar o quadro, precisa de cerca de quatrocentos litros de água para produzir um quilo de grãos (o que, pela lógica, nos faz deduzir que quatro mil litros de água são necessários para a produção de um quilo de carne[3]). Como, diga-se de passagem, é necessário em torno de duas toneladas e meia a três toneladas de petróleo para fabricar uma tonelada de adubo, e que o preço do petróleo está indexado ao dólar, a agricultura se encontra quase totalmente subordinada ao petróleo. O que faz que seja um modo de produção extremamente vulnerável e dependente. Além disso, os custos acumulados para se produzir dessa maneira se revelam globalmente muito elevados, pois para produzir uma caloria alimentar é preciso consumir doze de energia. A isso se adicionam todas as produções fora de época que precisam de uma grande quantidade de combustível para obter artificialmente temperaturas quase estivais em pleno inverno. Estamos, evidentemente, diante do sistema mais dispendioso e menos rentável de toda a história da agricultura.

No entanto, para além de uma simples problemática agrícola ou alimentar, a agricultura industrial é representativa de uma civilização que deu plenos poderes à matéria mineral, ao lucro e à avidez humana sobre a matéria viva e sobre os seres vivos que somos. Essa inversão de lógica assume o aspecto de uma quimera perigosa cujas consequências negativas se revelam em nossa própria fisiologia. Porque em uma sociedade dominada pelo frenesi e pela proliferação das novidades inúteis, não há mais lugar para a arte de se alimentar e de tomar cuidado com esse dom magnífico que a natureza deu à nossa consciência e que nós chamamos de nosso corpo. Prestamos mais atenção no que colocamos nos motores de nossos carros do que naquilo que ingerimos para manter esse bem que, quando alterado, revela ser o mais insubstituível. Negligenciamos, assim, esse bem supremo que nem os dólares nem nenhuma vaidade podem substituir e ao qual a sabedoria humana deu o nome de saúde.

---

3. Conforme explicado anteriormente pelo autor, são necessários dez quilos de grãos para a produção de um quilo de carne, daí a dedução matemática feita nesses parênteses. (N. E.)

Diante de uma opinião convulsionada pelo pânico, os políticos buscam apenas tranquilizar, e não realmente diagnosticar

Para além dos medos, esses acontecimentos, que comprometem os políticos, os cientistas, os produtores, os comerciantes... poderiam ter sido aproveitados como uma oportunidade excepcional de estabelecer um diagnóstico geral de nosso sistema de existência. No entanto, durante a crise da vaca louca, a urgência demagógica venceu, como sempre, e para tranquilizar urgentemente uma opinião convulsionada pelo pânico ofereceu aos cidadãos o espetáculo de uma carnificina imunda de bovídeos como prova de seriedade com a qual se levava em conta a problemática. Foi mais uma vez o medo, e não a razão, que fez com que a consciência coletiva progredisse um pouco, mas muito pouco.

Aqui não está em questão culpabilizar os agricultores, considerando que eles foram, como todas as categorias sociais, englobados em uma mesma lógica totalitária. Entretanto, isso evidentemente não os exime, nem a cada cidadão, da responsabilidade que o livre-arbítrio e a democracia nos oferecem. E os agricultores, ao aceitar, como outras corporações profissionais, a competitividade, a rivalidade e o "sempre mais" em detrimento do vizinho, não contribuíram para a melhoria das suas condições. Uma internacional camponesa, apoiando-se em critérios solidários teria, sem dúvida, limitado os estragos. Essa questão se encontra no próprio âmago da problemática do sistema que nos gere e nos digere.

O fim da autonomia dos componeses do Terceiro Mundo e das organizações tradicionais: o compromisso com um processo de alienação irreversível

Café, cacau, algodão, amendoim, açúcar, mandioca, soja... é longa a lista dos produtos agrícolas que camponeses e camponesas do terceiro mundo fornecem para alimentar os mercados internacionais. A famosa globalização não é de hoje. Antes dela, camponesas e camponeses constituíam comunidades e etnias organizadas para sobreviver a partir dos recursos de seus diversos territórios e de uma agricultura destinada, quase exclusivamente, a satisfazer suas necessidades alimentares diretas. Essas comunidades, apegadas a suas glebas agrícolas, às vezes pobres, às vezes pródigas, dependendo do ano, puderam atravessar os séculos graças a sua capacidade de valorizar os bens de suas terras. Essa autonomia alimentar constituía o fundamento indispensável para qualquer estrutura social, e todas as comunidades respondiam de uma maneira autônoma a todas as suas necessidades vitais, alimentação, roupas, moradia, cuidados... A essas necessidades materiais juntavam-se os valores imateriais, o mundo das cosmogonias, das crenças, dos costumes e rituais, a expressão artística... Antes da era industrial, esse modo de existência era mais ou menos o mesmo que o das populações europeias. O Leste Europeu ainda conserva estruturas inspiradas e determinadas pelas condições naturais elementares, mas pode-se prever, sem risco de erro, que os critérios que a Europa agrícola lhe aplicará não o pouparão mais do que ela poupou os camponeses da Europa próspera, hoje reduzidos a 3% ou 4% da população, com o objetivo de uma diminuição ainda mais drástica, digna de uma violação dos direitos humanos.

Tanto no sul como no norte, os mesmos impasses

O campesinato do Sul enfrenta, então, os mesmos impasses que o do Norte, mas sem outras subvenções e compensações além do agravamento de sua miséria. Com condições específicas, é a mesma ideologia do produtivismo e do crescimento indefinido que devasta as populações camponesas de todo o planeta. O cenário permanece o mesmo, os camponeses, que funcionam baseados em seus saberes e em suas habilidades tradicionais, são considerados retardados. A imagem que a modernidade lhes oferece deles próprios perturba suas estruturas mentais, transformando-os em seres obsoletos. Eles vivem em uma oralidade que aumenta sua marginalidade. A história é feita sem eles. Ela é assunto para os 20% de seres humanos que são afetados pelas grandes mutações técnico-científico-mercantis que dominam o mundo. Entretanto, esses camponeses representam uma energia produtiva que as nações, jovens ou antigas, devem mobilizar para suas economias. O dinheiro, raro nas economias vernaculares, se infiltra insidiosamente nelas para se tornar pouco a pouco uma referência econômica, tendo como paridade os bens de troca.

Os dados estão lançados: por causa do PIB – Produto Interno Bruto – e do PNB – Produto Nacional Bruto –, os camponeses são mobilizados para produzir produtos exportáveis para obter divisas destinadas aos cofres dos Estados e à economia nacional. Para obter os lucros, é necessário aplicar os dispendiosos métodos de produção moderna e, pela primeira vez, os camponeses entram em contato com a trilogia dos insumos agrícolas ocidentais: adubos químicos, pesticidas sintéticos e sementes selecionadas. A mecanização continua limitada, e é com sua força física, a das mulheres e a dos filhos ou dos animais de tração, que o agricultor deve produzir.

Uma estratégia eficaz é colocada em prática: agentes especialmente formados ensinam aos camponeses os métodos "racionais" de trabalho moderno, plantio em linha, utilização dos adubos... As cooperativas ou outras associações, depois de um teste gratuito em suas instalações para convencê-los da eficácia do "pó dos Brancos", se organizam para fornecer os insumos agrícolas aos camponeses sem recursos financeiros, frequentemente sob a forma de antecipações de receitas. Fica a cargo dos camponeses o encaminhamento da colheita até a cooperativa que se encarregará do reagrupamento, da exportação e da comercialização dos produtos; o camponês deve aceitar o tempo necessário para a venda antes de receber o que lhe é devido, de que é subtraído o valor dos insumos agrícolas. Esse termo de trocas é, logo de início, desfavorável ao camponês. Os insumos industriais são indexados ao barril de petróleo e sua paridade, o dólar, sofre variações relativamente baixas, mas o produto agrícola, no entanto, sofre com as flutuações dos preços do mercado internacional. Esse mercado pode, assim, jogar com a abundância ou com a escassez a seu bel-prazer e fazer com que os produtores entrem em concorrência em nível internacional: o preço do algodão produzido com enxada é tratado comercialmente como o de um grande fazendeiro norte-americano subvencionado e produzido com seu trator em seus imensos campos.

Nesse jogo, o camponês acaba por contrair dívidas que terá cada vez mais dificuldades para honrar, até chegar ao ponto de endividamento crônico e de inadimplência definitiva. Ei-lo comprometido em um processo de alienação irreversível. As divisas produzidas pelo fruto de seu trabalho têm uma incidência muito limitada sobre a sua própria condição. Elas servem essencialmente ao orçamento dos Estados, à função pública, aos equipamentos militares muito onerosos... Para produzir mais, o camponês devasta, desmata e contribui, sem ter consciência disso, para a desertificação de seu meio natural. Além disso, o tempo consagrado à produção de renda é deduzido de sua produção alimentar direta. Cereais importados a preços baixos de um país onde o produtor é subvencionado, ou até mesmo submetido às regras do *dumping*, acabam corrigindo a penúria. Às vezes, do mesmo modo, a superprodução excepcional de camponeses pobres acaba compensando as penúrias de outros camponeses pobres.

Uma catástrofe humana e ecológica do Terceiro Mundo nos Estados Unidos

Com a concorrência no mercado internacional, não somente os produtores ricos destroem os pobres, mas também os pobres se destroem entre si. Porque foi tomado o cuidado de se estabelecerem fronteiras, às vezes artificiais, para estimular a competitividade.

Eis-nos, então, no âmago da guerra econômica na qual o camponês se encontra engajado sem ter consciência. Certamente essa história não diz respeito aos grandes latifundiários do terceiro mundo ou outros latifundiários que se juntaram à confraria dos samurais da produtividade e cujo desempenho deve muito à escravidão dos pequenos camponeses sem terra, que se tornaram, na melhor das hipóteses, operários, ou, na pior, párias nas grandes cidades superpovoadas. A casta mundial dos industriais da terra foi constituída dessa maneira, frequentemente favorecida por algumas disposições fundiárias que ela pode determinar de acordo com a sua conveniência, estando igualmente presente no espaço das decisões políticas. Mesmos os camponeses dos Estados Unidos, país qualificado como o mais rico do planeta, sofreram a agonia desse cenário de desolação, e inúmeros são os que se suicidam por causa de falência.

Uma experiência de mais de vinte anos junto aos camponeses saelianos

Minha experiência de mais de vinte anos no âmago dessa problemática me colocou na presença de camponeses saelianos que não somente tinham sido colocados em condições de precariedade econômica extrema, mas que foram transformados em estrangeiros em sua própria terra pelas grandes secas. Uma seca como a que, na década de 1970, afetou toda a faixa saeliana do Senegal até a Etiópia teve consequências imediatas, apocalípticas, para as populações locais, trazendo fome, dizimando rebanhos... Mas ela constitui igualmente um drama ecológico de grande amplitude com a destruição da cobertura vegetal, da fauna e da flora selvagens. O Sahel transformou-se no Saara, e a faixa tropical úmida "saelizou-se". As chuvas tornaram-se raras e, quando caem, arruinam os solos vulneráveis e exportam a terra fértil para os cursos de água interpostos em direção aos diferentes golfos. O vento vem completar o desastre, levando o limo mais fino pelos ares. Ao excesso de rebanhos reconstituídos em um meio deficiente, se adiciona a extração humana de combustíveis em um meio natural que se tornou exangue, sem se esquecer das queimadas que reduzem ou impedem qualquer regeneração da vegetação. Assistimos, objetivamente, à agonia de um biótopo antigamente estabilizado, levando a efeitos colaterais previsíveis e imprevisíveis.

Essa tragédia ecológica e humana provoca migrações das populações em direção às aglomerações às quais se dá, abusivamente, o nome de "cidades". Os náufragos se acumulam em uma desordem inextricável e tentam, por todos os meios, não morrer de fome. Essa situação gera, evidentemente, todas as misérias identificadas e não identificadas: droga, prostituição, violência, criminalidade e delinquência em uma atmosfera de poeira em que os pulmões são preenchidos pelos gases de veículos com carburadores defeituosos, em sua grande maioria ignorados pelos controles técnicos dos países ricos.

Nessa estranha confusão, até mesmo a alimentação não para de "se modernizar". A alimentação tradicional, frequentemente bem equilibrada, dá lugar, pouco a pouco, a cardápios constituídos de um cereal empobrecido vindo não se sabe de onde. Recorre-se, para lhe dar um pouco de sabor, a frascos que excretam molhos de cor fluorescente de composição duvidosa. Adiciona-se a isso, para as categorias mais desfavorecidas, uma parafernália de abridores de latas e de garrafas que liberam bebidas gasosas que provocam diabetes por causa do seu excesso de açúcar, para a satisfação das firmas que as propagam eficazmente até nos lugares mais longínquos. Há uma proliferação de patologias em um terreno fisiológico cada vez mais deficiente. Assim, a cidade, que deveria representar um recurso, torna-se uma armadilha.

A moral dessa pequena história ambígua é que os camponeses pagam, no mundo inteiro, um preço exorbitante para o mundo contemporâneo, sem que a sua condição melhore – muito pelo contrário. Uma planificação que leve em conta a problemática camponesa e a necessidade de estabilização dos agricultores em suas terras teria evitado esse desastre. A opinião pública se comove um pouco, associações e ONGs intervêm para tentar corrigir as carências e, já que não se consegue construir o mundo com generosidade e humanismo, o humanitarismo acaba assumindo um papel paliativo diante das lacunas inaceitáveis.

Por uma reação urgente, necessária para a sobreviviência alimentar da humanidade

Com essas poucas observações, espero, além da afirmação de meu ponto de vista, ter contribuído para esclarecer um pouco mais uma problemática que não parece receber a devida atenção.

Não podemos conscientemente ser condescendentes com uma atividade que diz respeito a nada menos que nossa sobrevivência alimentar e que, com a boa desculpa de atender eficazmente às necessidades da humanidade, está contribuindo para matar de fome ao destruir seu patrimônio vital. Porque a terra, a água, as espécies e as variedades animais e vegetais não são jazidas de recursos, mas sim bens comuns, garantia da vida e da sobrevivência de todos. Eles precisam urgentemente serem libertados da especulação financeira que os dissipa e os entrega a alguns ganhadores de dinheiro.

Sair do impasse do sistema econômico atual

Não podemos, evidentemente, nos limitarmos à constatação da problemática agrícola para compreendermos o impasse em que estamos. Se a agricultura moderna é tão destruidora e tão ignorante a respeito das leis do ser vivo é porque se inscreve em um movimento geral da sociedade que me parece igualmente crucial compreender e repensar. O ser humano instaurou o princípio da fragmentação e da dualidade física, psíquica, ideológica e metafísica como base do "viver juntos", com as discórdias e as violências que resultam direta ou indiretamente disso. O modo piramidal, inspirado no trabalho em linha de produção, segmentou as tarefas e as visões do mundo. Entretanto, a vida é indivisível por natureza.

A necessidade de mudança para não desaparecer

De nosso planeta oásis, o humano fez uma jazida de recursos a serem pilhados sem nenhuma moderação. É desnecessário enumerar as consequências da irracionalidade humana. O resultado dessas inconsequências se traduz hoje de modo mais vigoroso, em uma espécie de ultimato que nos obriga a mudar para não desaparecer.

Contrariamente a todas as espécies, nós mesmos programamos nosso próprio desaparecimento pela falta de inteligência e de compreensão da vida. Alguns cientistas, atentos à intuição dos povos dos primórdios, reconhecem em cada manifestação da vida uma dimensão "espiritual". Esses povos não conseguiam conceber a vida sem a inteligência universal que a teria feito surgir. Um simples jardineiro sem nenhuma superstição pode, se for atento, constatar a força criativa que programa a semente mais ínfima. Como apreender, nessa espécie de óvulo insignificante, o poder de um processo capaz de gerar toneladas de frutos que conterão milhares de sementes, a partir do momento em que ele é confiado à terra? Não é loucura dizer que com um grão de trigo se pode alimentar a humanidade. No entanto, estamos longe de fazer isso. Os mecanismos da germinação e do crescimento nos são inteligíveis, mas a inteligência originária desse impulso se fecha em um mistério ao qual não temos acesso puramente pela razão. Essa observação da insignificância permite medir a amplitude e a complexidade de um fenômeno do qual nós podemos compreender uma certa lógica, mas do qual não podemos revelar nem a causa nem a finalidade. Na gestão dos vegetais e dos animais, tudo parece, de fato, determinado por uma "organização" tão bem elaborada que não pode ser efeito do acaso.

O preço do "milagre" industrial: um terremoto sem precedente da matéria mineral (carvão e aço)

Ainda hoje, não conseguimos aproveitar essa sabedoria para organizar nossa sociedade. Pelo contrário, criamos uma lógica própria, fora de qualquer coerência do ser vivo. Entre os mitos fundadores da modernidade mais enraizados na opinião pública, na consciência coletiva e em toda a estrutura da sociedade contemporânea, encontra-se, mais particularmente, o conceito de desenvolvimento. Este último revela cada vez mais seus efeitos catastróficos e sua total inadequação a uma evolução positiva da história. A própria noção de desenvolvimento é a filha mais velha de um mundo industrial, tecnocientífico, produtivista e mercantil que se baseia em um dado totalmente inédito na história da humanidade. Uma indústria pesada foi desenvolvida para a produção de máquinas e outras inovações tecnológicas, a fim de exumar matéria mineral, combustível e não combustível, como o carvão e o aço, graças ao domínio de certos princípios físicos, em particular a termodinâmica. A irrupção desses princípios foi feita de modo tão brutal que ela pode ser comparada a um terremoto histórico. Há somente duzentos anos, Napoleão Bonaparte, apesar de todo-poderoso, só pôde aproveitar-se muito parcialmente de todos esses progressos. Ele travava suas batalhas militares em cima de seu cavalo, como todos os potentados que o precederam havia séculos e milênios, como Alexandre Magno, Júlio César ou Gêngis Khan. Durante essa enorme mutação, o cavalo-animal rapidamente deu lugar ao cavalo-vapor.

O entusiasmo despertado por tantos prodígios instaurou uma nova ordem, uma espécie de milagre industrial. A fé na razão como princípio libertador acaba de nascer. O que foi mais ou menos ocultado foi o fato de esse milagre ter-se aproveitado de uma reunião fortuita de várias conjunções positivas:

- O gênio inventivo do Ocidente em matéria de física, de mecânica, de química, de eletromagnetismo... inaugura a era da combustão que iria alterar brutalmente toda a organização do mundo anterior.
- A poupança camponesa (pé de meia, etc.) para a constituição do capital de base.
- A força de trabalho dos camponeses mais pobres consignados aos trabalhos mais penosos de extração dos minérios para os altos-fornos. Essa mão de obra nacional seria reforçada pelas grandes imigrações de dentro e de fora da Europa antes de o taylorismo aproveitar sua falta de qualificação para o trabalho na linha de produção.
- Matérias-primas, energia combustível e força de trabalho provenientes dos gigantescos territórios colonizados na quase totalidade do planeta. Já se sabe que a descoberta da América permitiu a transferência de riquezas colossais, o que seria apenas o começo do que se deve realmente chamar de uma pilhagem civilizada.

Nessa conjuntura, a Europa, única no mundo a ter efetuado essa enorme mutação, se livrou então dos excedentes populacionais por meio de grandes migrações anglo-saxãs, latinas e outras.

Observando-se por esse ângulo, o milagre industrial é baseado em uma forma concentracionista de meios. No entanto, ele se erigiu como um modelo promissor de progresso, podendo ser generalizado por toda a humanidade que encontraria nele sua salvação e seria, finalmente, libertada dos limites que a natureza lhe impunha.

No entanto, não é difícil entender que um modelo de civilização que se beneficia de tantos fatores favoráveis só pode ser um fenômeno paradoxal impossível de ser generalizado sem a falência planetária. A humanidade ainda sobrevive porque somente um número limitado de nossos semelhantes pôde aplicá-lo.

No âmago da civilização da combustão, a própria educação se põe a serviço do aumento do PIB e do PNB

A civilização industrial é baseada, então, no consumo energético que resulta na civilização da combustão. A energia combustível se torna, assim, a maior referência e o fator mais determinante da prosperidade. A industrialização que ela induz faz nascer o princípio da produtividade. As nações industriais se organizam em torno da ideologia do crescimento indefinido. Cada cidadão é educado desde a infância a adquirir os conhecimentos para servir esse novo dogma, a trabalhar arduamente e a consumir para aumentar o PIB e o PNB de seu país. O PIB e o PNB se tornam as referências que permitem medir os resultados monetários obtidos. A noção de progresso traduz então, sobretudo, as aquisições materiais mercantis e, em vez de igualdade e de bem-estar, gera disparidades planetárias colossais. Um quinto do gênero humano afetado por esse progresso consome quatro quintos das riquezas planetárias, e o quinto restante é desigualmente dividido. Para ser mais claro, vamos imaginar cinco pessoas reunidas em volta de uma mesa para dividir um pão. Uma das cinco pessoas se apropria de quatro quintos desse tesouro, deixando um quinto para os outros quatro. Uma dessas quatro pessoas pega a metade desse quinto, a segunda pega um quarto, deixando o último quarto desigualmente dividido para os dois últimos.

Essa desigualdade estrutural faz da espoliação da maioria a condição de sobrevivência da minoria. É a partir dessas constatações que aparece a noção de desenvolvimento, não no sentido de redução dos excessos de uns para permitir aos outros serem providos, mas de convidar, imperativamente, as nações chamadas de "atrasadas" a aumentarem seu nível para que elas próprias se tornem igualmente prósperas e que contribuam assim para o progresso aumentando sua produção/consumo. Não parece que a impossibilidade de generalizar o modelo tenha sido evidenciada. O planeta considerado como uma jazida de recursos absolutamente inesgotáveis se tornaria o terreno de uma competitividade exacerbada entre as nações. A antropofagia estrutural acabava de nascer. O desenvolvimento das nações pobres criou então um pretexto moral e altruísta para que finalmente, se tivesse acesso a seus enormes recursos.

Essa opção provocou uma fratura que nunca se reduzirá entre o Norte, tecnologicamente avançado, e o Sul, ainda subordinado a uma organização secular e a tradições imutáveis. O Norte, superativado, eficaz, grande consumidor de energia, convida o Sul a tomar a mesma direção. Em um discurso do então presidente dos Estados Unidos Harry Truman, aparece, talvez pela primeira vez, a noção de subdesenvolvimento, provavelmente inspirada pela cultura do mercado, colocando em prática estratégias destinadas a aumentar o nível de prosperidade das nações representado por sua capacidade de gerar bens indexados ao dinheiro. A referência ao dinheiro como medida quase exclusiva da prosperidade lhe dá um poder inédito que causará transtornos ao conjunto do sistema humano. Porque ele permite à avidez e a todos os desejos materiais uma extensão ilimitada. Essa ideologia oblitera, ao mesmo tempo, as economias vernaculares (que a linguagem abusiva dos pseudoeconomistas chama de "informais") e as riquezas não monetárias das nações, que se tornaram artificialmente pobres, apesar de todas as suas potencialidades sociais e vitais e de sua capacidade de sobrevivência com pouco ou sem dinheiro. Apesar de todas as imperfeições humanas, essas riquezas respondem às necessidades da vida pelos meios mais diretos: produção alimentar, compartilhamento dos serviços, reciprocidade, ajuda mútua, solidariedade e assistência entre as gerações, responsabilidade coletiva nas dificuldades da vida... Tudo isso na ausência de seguridade social, aposentadorias, seguros, subvenções... Os países do terceiro mundo se veem, a partir de então, como pobres e, ao mesmo tempo, a transferência das imensas riquezas que seus territórios abrigam para os países já prósperos, é organizada para aumentar ainda mais a sua prosperidade.

A apoteose de uma lógica sem alma e sem futuro: a lógica do tempo-dinheiro

Com a ideologia do tempo-dinheiro e do crescimento econômico sem limite, as arbitrariedades mais dramáticas de nossa história se instalam. Desmantelamento dos sistemas vernaculares, pilhagem, poluição, esgotamento dos recursos, penúrias artificiais. Hoje, assistimos a uma espécie de apoteose de uma lógica sem alma e, portanto, sem futuro. As opiniões se dividem sobre o resultado dessa aventura. Não se pode negar que o progresso essencialmente técnico tenha gerado inovações extraordinárias para o benefício de uma minoria humana. Mas, pela falta de uma ética e de uma inteligência generosa para contribuir para o nascimento de uma sociedade planetária apaziguada e convivial, ele contribuiu para o caos, deu instrumentos de uma eficiência sem precedentes para nossas pulsões destruidoras e levou à fragmentação de uma realidade de natureza unitária. A globalização, enquanto sistema antagonista, competitivo e letal, é o último avatar de uma história que, evidentemente, chega ela mesma a sua fase final. Para se convencer disso, não é necessário se lembrar de todas as anomalias e de todos os danos imputáveis ao modelo dominante, inclusive biológico, climático, que assumem o papel de ultimato endereçado à nossa consciência.

Do mito do desenvolvimento ao mito do desenvolvimento "sustentável"

A constatação desse fracasso planetário deu origem, recentemente, a um princípio que seria o antídoto do desenvolvimento: o desenvolvimento "sustentável". Esse novo mito corre o risco de desempenhar um papel diversivo bem mais que o de uma verdadeira solução. Ele tem a intenção de conciliar a ideologia do "sempre mais" indefinido como dogma absoluto com paliativos supostamente estabelecedores de uma lógica perene. A política do "bombeiro piromaníaco" não corre o risco de encontrar nele um novo álibi? Até porque qual multinacional exagerada e totalitária não desejaria um desenvolvimento sustentável? Todos podem adotar essa ideia que corre o risco de se tornar um osso para ser roído e jogado para a opinião pública, enquanto a pilhagem de nosso planeta continuará invariavelmente.

Afinal, existe incontestavelmente o perigo, se não prestarmos atenção, de nos acomodarmos a essa política e considerarmos como norma um sistema que gera violência, injustiça e sofrimentos multiformes, ao mesmo tempo que uma assistência humanitária social, graças a alguns sacos de arroz e de remédios que atenuam esse sistema e, por fim, tornam suportáveis as atrocidades causadas por ele. Acabamos achando normal que as orgias, as espoliações e as torpezas de uma minoria humana sejam feitas em detrimento de uma maioria. Após o uso da famosa fratura entre o Norte e o Sul como um álibi fácil, atualmente é no próprio coração das nações mais prósperas que a assistência humanitária dos Estados e a das organizações caritativas se conjuga para esconder a miséria universal que não para de aumentar. Essas práticas desculpam os "decisores" de suas responsabilidades em relação aos cidadãos, que têm nada menos do que seu destino decidido pelos mesmos "decisores". Por não termos organizado o mundo com base em um humanismo verdadeiro, acabamos tendo de recorrer à assistência humanitária como paliativo a essa grande falha. Somos individual e coletivamente responsáveis por nosso destino. A assistência humanitária é plenamente justificável apenas em casos de urgência para aliviar os sofrimentos provocados por cataclismos e outras calamidades "naturais", e isso permite que o que há de melhor no ser humano se manifeste. Se bem que estamos cada vez mais convencidos de que certos cataclismos aconteçam em razão das inconsequências humanas em relação à natureza...

Em direção a uma reorganização necessária dos recursos

Nossos milagres tecnológicos têm com o que nos embriagar, mas nos afastam das realidades mais elementares da vida. O que os cidadãos mais ignoram é a terra à qual eles devem sua sobrevivência cotidiana. Os seres humanos têm uma aptidão particular a "produzir" sofrimento e a imaginar os instrumentos mais perversos para servi-lo e infligi-lo a sua própria espécie e a todas as criaturas que, para infelicidade destas, compartilham conosco a presença no mundo. A prosperidade extravagante, frequentemente sem alegria, de um pequeno número, convive com a indigência de um número sempre crescente de nossos semelhantes. Dispomos, aparentemente, de um arsenal de guerra capaz de destruir cinquenta planetas, ao passo que o potencial de destruição de um ou dois bastaria. Os recursos assim poupados poderiam ser direcionados a um magnífico canteiro de criação de bem-estar compartilhado e à restauração de nosso magnífico planeta. Como é que essas evidências podem escapar à nossa compreensão? Sem dúvida porque nos falta inteligência ou porque persistimos em confundi-la com nossas aptidões técnicas, científicas e intelectuais. Fracasso evidente, porque a soma de nossas aptidões não fez um mundo inteligente. A inteligência parece ser de uma essência particular; ela está, evidentemente, onipresente no universo ao qual ela deu coerência e coesão, mas o sentido permanece escondido para uns, revelado para outros... Parece que essa inteligência universal está cada vez menos presente no microcosmo exíguo no qual nós confinamos nossa presença no mundo. Isso é marcado por um distanciamento, até mesmo por uma divergência, em relação aos fundamentos da vida, um pensamento cada vez mais restrito no cerne de um real tão vasto que oferece ao nosso entendimento, consciência e livre-arbítrio todos os possíveis de uma criatividade inspirada, para dar ao mundo uma ordem digna da inteligência. Com ou sem nós, o planeta Terra vai cumprir, sem dúvida, seu "programa" até sua longínqua extinção. Alguns acham que ele é uma entidade consciente. Essa hipótese parece extravagante, mas tão plausível como qualquer outra. No fundo, nosso consciente individual e coletivo não seria a emanação de uma terra consciente? Mesmo que esse paraíso não seja feito apenas de felicidade e que ele comporte igualmente inconveniências, fatores difíceis, vírus e micróbios, quando a morte está presente de mil maneiras, ela parece sempre, entretanto, exaltar o poder da vida. Esse organismo que nos originou e nos abriga guarda bens para alimentar o corpo, o espírito e o coração.

A delegação de plenos poderes: uma sonolência perigosa

Depois de ter sido cortejado, seduzido e reconfortado por suas propostas, o povo delega plenos poderes a seus políticos e parece entrar, imediatamente, em um estado de sonolência. Esse adormecimento é perturbado de vez em quando, é verdade, pelos protestos mais ou menos veementes dos quais a rua torna-se o palco. Tomando como exemplo uma problemática que sacode a opinião pública e, confesso, contraria profundamente meus engajamentos ativos e minhas convicções, parece que 80% dos consumidores europeus não querem os organismos geneticamente modificados (OGM) e patenteados. Princípio de precaução? Recusa definitiva? O que quer que seja, por que essa ampla reprovação não é respeitada e validada pelos Estados? Talvez estes achem que seus administrados sejam imaturos, que eles sirvam apenas para engolirem as caretas e as mentiras subliminares da propaganda. Nesse caso, o Estado parece atribuir a si a imagem do tutor esclarecido que estaria impondo a seus administrados (e para o bem deles!) inovações benéficas das quais eles não teriam consciência. Podemos até imaginar o "vocês vão me agradecer mais tarde" do papai para seus filhinhos. Tudo isso evidencia, entretanto, os limites e as incoerências de nossa escolha de sociedade. Mesmo o sufrágio universal, fundamento da democracia, permite hoje manter e instalar democraticamente poderes ambíguos, extremistas e tirânicos. Estranha reviravolta das coisas...

Os cidadãos podem retomar consciência de seu poder

O ciclo dos temores e das amnésias que se alternam dá, finalmente, a cadência de um carrossel despreocupado a nosso cotidiano, com um pano de fundo de produção industrial de diversões de todos os gêneros, para ajudar a suportar a morosidade que a mídia destila com muito profissionalismo. Eu chego a me perguntar se as considerações superabundantes sobre o aquecimento global não fazem parte do cardápio cotidiano do cidadão e não banalizam essas questões que são, no entanto, cruciais. A maioria dos cidadãos invocam sua incapacidade de agir e atribuem toda a responsabilidade aos Estados, que estão aprisionados nas incoerências e nas contradições de uma sociedade que, com a exceção de consumir sem limite nem moderação, não sabe o que quer e nem para onde quer ir. Se os cidadãos não têm consciência de seu poder é porque a democracia corre um grande perigo, pois ela está baseada exatamente no poder do povo. É pelo menos o que entendi.

Eu acho, pelo contrário, que chegou a hora de cada um de nós nos apropriarmos novamente do poder sobre nossa existência e adotarmos uma política em atos em cada uma das esferas de nosso cotidiano: nas compras, nos deslocamentos, nas relações humanas, na educação dos filhos, no lar... Pois a solução não é acreditar que a mudança de estruturas, dos dispositivos ecológicos ou a difusão da agricultura orgânica vão salvar a humanidade. Podemos comer produtos orgânicos, reciclar nossa água, usar aquecedores solares e... explorar nosso próximo! Isso não é incompatível! Somente uma mudança individual pelo despertar da consciência pode nos salvar. Cada pessoa convencida dessa necessidade é incumbida de assumir livremente sua própria transformação.

Acho que, assim, para além das categorias, dos nacionalismos, das ideologias, das divergências políticas e de tudo o que fragmenta nossa realidade comum, chegou a hora de conclamar a insurreição e a organização das consciências para compartilhar o que a humanidade tem de melhor e evitar o pior. Essa coalizão é evidentemente indispensável hoje, visto a amplitude das ameaças que pesam sobre nosso destino comum; ameaças devidas, em suma, a nossas grandes transgressões.

A consciência talvez seja esse lugar íntimo onde cada ser humano pode, com toda a liberdade, medir sua responsabilidade em relação à vida. Ele pode, então, se tal for a sua vontade, definir os engajamentos ativos inspirados por uma verdadeira ética de vida para si próprio, para seus semelhantes, para a natureza e para as gerações futuras.

A Sinfonia da Terra

Se é indispensável compreender o mundo tal como nós o construímos política, econômica e socialmente, para tentar inverter o curso dramático das coisas, também é preciso, do mesmo modo, revisitar a dimensão subjetiva e poética que nos habita. Antes de mudar o mundo, será que antes ele não deveria ser encantado novamente? Será que não precisamos amá-lo e contemplá-lo para reencontrar a energia para poder tomar conta dele? É esse amor profundo que eu chamo de "Sinfonia da Terra", que, para além das constatações alarmantes sobre os desastres atuais e futuros, me obriga a trabalhar para concretizar soluções. Porque uma ecologia que não integra essa noção de harmonia universal da natureza corre o risco de ficar enredada somente no mundo dos fenômenos elementares, domínio da observação científica especializada em detrimento do princípio fundamental – vamos chamá-lo, prudentemente, de "espiritual" – que representa essa imensa inteligência que governa a totalidade do real. Quando eu vibro diante da beleza da criação, é provavelmente essa sinfonia que me toca no fundo do coração e da alma, sinfonia na qual eu mesmo sou um pequeno instrumento que revela, pelo meu encantamento e pela minha admiração, a existência de uma ordem suprema que nada pode atingir ou alterar.

Se a humanidade se obstina a não reconhecer essa dimensão fundamental e a ser apenas uma nota falsa no centro da partitura, inevitavelmente ela corre o risco de uma exclusão irrevogável. Não é o universo que vai, por uma espécie de derrogação especial, se adaptar às necessidades do ser humano; ele é que deve se adaptar. O humano proclamando sua soberania absoluta sobre a realidade é um disparate. Ele pensa o mundo dentro do espaço em que ele se confinou física, mental e psiquicamente. Ele confunde a parte que representa seu microcosmo com o todo. Ele se apoia em um pensamento de natureza limitada, para apreender o ilimitado e não percebe claramente essa antinomia. Talvez a complexidade da natureza o assuste, porque ela não é dócil a seus caprichos. Pelo contrário, o humano encontrou na tecnologia uma atividade onde sua demiurgia pode ser exercida plenamente e dar uma impressão de poder. Talvez seja isso que a torne tão inebriante, atraente e digna das melhores atenções. No entanto, a natureza é rebelde, e acreditar que ela possa ser domável ou dominada é simplesmente infantil.

Assim, a ecologia, como princípio, não pode ser reduzida a um simples parâmetro que compõe a realidade; ela é a realidade fundamental sem a qual nada mais pode existir. A ecologia deve se tornar um estado de consciência, e não uma disciplina que precise de decisões, de adaptações, de leis restritivas ou repressivas... É verdade que, na urgência na qual nos encontramos, é preciso tomar decisões e resoluções para limitar os estragos. Mas não vamos senão limitar os estragos se não considerarmos a importância desse embate, que influencia nada menos que a sobrevivência ou a extinção do fenômeno humano. Não ter consciência dessa evidência é extremamente perigoso. Ter consciência do inconsciente será, a partir de agora, o passo mais decisivo se quisermos um futuro para nós mesmos, para as gerações futuras e para as inúmeras criaturas vítimas de nossa convivência invasora, exagerada e violenta. Um humanismo universal não pode ser considerado possível sem uma reforma profunda de nosso modo de pensar e de nosso comportamento.

Os mamíferos que somos e o campo da ecologia

A ecologia vista e vivida para além das aparências elementares precisa de uma leitura bem mais profunda. O acesso a essa percepção precisa, em primeiríssimo lugar, estar livre da ideia de que os mamíferos que somos existiriam paralelamente à natureza. A ecologia evidencia a coesão, a interação, a interdependência e a coerência do ser vivo em todas as suas formas e em sua totalidade. O campo da ecologia não pode ser reduzido apenas ao planeta Terra; ele existe em nível do cosmos, até mesmo do universo. A interatividade inclui influências solares, lunares e planetárias em uma espécie de "banho energético e vibratório" infinito. O planeta Terra está imerso nesse banho, ao mesmo tempo receptivo e emissivo. Tudo está dentro de tudo e nada está separado de nada. A ciência moderna mais refinada, que explora o sutil e vasto campo da matéria e da energia, segue o mesmo caminho de certas grandes tradições e da intuição da quase totalidade dos povos iniciais para quem a diversidade, a coesão e a coerência de todos os elementos que compõem a vida são uma evidência. A esfera terrestre vista do espaço é percebida como uma espécie de organismo em sua integralidade, constituída de elementos indissociáveis de um polo até o outro. Logo, o princípio de fragmentação não parece ser constitutivo do real. Considerado com a maior objetividade, até o cenário darwiniano da luta das espécies não parece comprometer a coesão do sistema do ser vivo. O antagonismo aparente que pode ser observado nos animais se devorando entre si não tem a intenção de dividir, mas sim de assegurar a unidade, a continuidade e a perenidade de um princípio global. A vida quer viver a qualquer custo e "imagina" estratagemas às vezes de uma inteligência impressionante para a manutenção dessa exigência. Se prestarmos atenção, nosso próprio corpo já é por si próprio uma espécie de universo que é testemunha dessa ordem das coisas. Não se trata de uma "mecânica biológica", mas de uma sutil constituição de órgãos animados por uma energia unificante harmonizadora. Percebemos que todos os órgãos estão representados nos olhos, no pé, na mão, na orelha... Trata-se de uma arborescência sensível, interconectada e indivisível. Algumas patologias seriam devidas ao mal funcionamento da energia harmonizadora. Até em nível psicológico, restaurar e manter a unidade em si é fator de bem-estar.

Um deslumbramento pessoal permanente da infância até hoje

No coração da região das Cevenas, onde eu escrevo, a cada dia meu deslumbramento e minha gratidão em relação à natureza se renovam. Quando o dia que nasce promete um tempo quente e o sol afia seus dardos, tudo fica sob o domínio da imobilidade. As árvores, as montanhas azuis, os rochedos, a paisagem, o céu, as hortas e pomares que se estendem sob meu terraço ficam petrificados por um sonho profundo. Eu me alegro profundamente em poder escutar os chamados das aves de rapina e dos pássaros noturnos, às vezes estranhos e parecidos com a voz humana. Eu me sinto honrado em tê-los como vizinhos, feliz em dividir nosso biótopo selvagem com eles e com as outras criaturas silenciosas que povoam com discrição os bosques de carvalho que circundam a casa. Na hora precoce da aurora, quando a luz precede, no horizonte, a estrela que a gera, quando o disco lunar está em sua fase de plenitude, existe um momento em que ele parece demorar-se, permanecendo em suspensão no azul do céu. A presença simultânea do astro incandescente que emerge do limbo da noite, do planeta extinto e do planeta vivo que nos abriga é um momento privilegiado e cheio de ensinamentos. Ele evidencia a configuração cósmica na qual nossa própria realidade se inscreve de uma maneira mais tangível. Isso provoca uma espécie de alargamento do espírito e, ao mesmo tempo, uma alegria profunda e silenciosa.

Antigamente, o pequeno filho do deserto que eu era, no final de um dia de calor infernal se deitava de costas em cima do terraço a céu aberto e, com o corpo assim abandonado, podia contemplar uma abóbada celeste coalhada de pepitas de ouro com uma lua jovial, modesta mas soberana, que velava pelo sono de todas as crianças que confiavam nela. Mergulhada em um sonho tranquilo, a criança em sua inocência se juntava, sem saber, a todos os escrutadores dos céus, poetas místicos, ou simplórios, aos que, astrônomos após muito tempo de observação, puderam estabelecer as configurações e as cadências astronômicas, inventar o tempo com seus calendários, mas também aos astrólogos para os quais o destino da humanidade era determinado pelos astros e pelos desastres. Nutrida com uma mitologia elementar, a criança silenciosa acreditava fervorosamente nas divindades tutelares frente aos anjos malfazejos. Essas duas entidades batalhavam titanicamente, usando estrelas cadentes como projéteis que rasgavam o firmamento como lanças de fogo. Diante desse gesto dos principados celestes e invisíveis, os seres humanos, que eram o prêmio desses combates sem fim, tinham apenas a oração e os encantamentos enviados à toda poderosa divindade para exorcizar um resultado que lhes seria fatal. Visto de uma terra durante muito tempo considerada plana, o céu foi um vasto campo em que a mitologia, a ciência, a poética e a mística eram indissociáveis. Assim, todos os seres ilustres que transtornaram a história da humanidade (como Buda, Jesus, Maomé...) e os inúmeros desconhecidos que constituem o rio humano teriam, desde os primórdios, contemplado os mesmos céus que nós mesmos. A duração de cada um de nós assume, então, um caráter bem efêmero.

A natureza sob o ângulo do realismo dos sábios

Infelizmente, a lua adorada pela criança é apenas poeira e rochedos, como lhe ensinaram cruelmente os sábios... O realismo apareceu no mundo para nos arrancar dos milhares de deslumbramentos, e o céu se viu, de repente, sem mais ninguém. O conhecimento objetivo nos libertou do obscurantismo e de um imaginário descontrolado incompatível com a deusa Razão empoleirada em seu trono de aço. A ciência se deu como missão rastrear e destruir todas as superstições como um massacre da noite de São Bartolomeu[4] da racionalidade. Os astrofísicos nos ensinam a partir de um universo cujos limites ultrapassam nossa capacidade de imaginá-los. E, nessa infinitude, os corpos celestes mais consideráveis permanecem insignificantes. Tudo mergulha

---

4. Referência ao célebre massacre de protestantes franceses realizado pelos católicos, iniciado em 24 de agosto de 1572, dia de São Bartolomeu. (N. E.)

em um abismo insondável que não tem nem alto, nem baixo, nem pontos cardeais, nem configuração inteligível. Nós aprendemos que tudo isso é resultado de uma deflagração inicial, seguida de um longo período em que tudo era apenas caos antes de se tornar uma ordem que "funciona" com o mesmo rigor que um relógio, uma "mecânica celeste". Entretanto, nós devemos reabilitar o deslumbramento perdido se quisermos escapar do encarceramento do espírito e do imaginário. Porque as galáxias povoadas de astros em número infinito são, na realidade, uma coreografia. Tudo é apenas coreografia no universo, mas nós não sabemos quem é o mestre coreógrafo. Ele permanece obstinadamente nas coxias e nunca aparece no palco do teatro que ele edificou. Nosso sistema solar é de uma proporção ínfima no rio lácteo. O tempo e o espaço não prestam a menor atenção em nossos séculos e milênios, tudo se mede em anos-luz...

Diante da insignificância de nosso destino nessa vertigem enlouquecedora, como não ser grato às consciências inspiradas e lúcidas de alguns desses sábios? Livres de qualquer pretensão de elucidar o grande mistério, eles nos mostraram sua própria ignorância e suas incertezas, mesmo confirmando, com uma convicção profunda, a unidade do real, já pressentida por inúmeros povos, e nos reintegraram a essa unidade. Nós seríamos, segundo a linguagem da ciência poética, poeiras de estrelas, obras vivas realizadas com materiais originais... Nós não seríamos estrangeiros no vasto país chamado universo, mas talvez as sementes de consciência das quais ele tem necessidade para ter consciência de si mesmo (se essa hipótese inverificável for justa, devemos evitar, entretanto, como frequentemente estamos prontos a fazer, extrair dela qualquer presunção absurda).

Ter consciência não seria, antes de tudo, amar, tomar cuidado e se deslumbrar? E estar na inconsciência, não seria destruir e profanar tudo o que se encontra ao alcance da mão e distante de nossos corações?

Reflexão na escala das infinitudes

Essa pequena meditação nos conduz a uma questão incontornável. Se a própria integralidade do sistema solar é apenas uma porção modesta de uma galáxia entre as inúmeras galáxias, o que seria então nosso planeta? Uma coisa infinitesimal, um grânulo homeopático em um gigantesco depósito de bolas de futebol? Bem menos do que isso, se for. Aqui estamos, após a vertigem do infinitamente grande, jogados na vertigem do infinitamente pequeno, até o próprio átomo que é divisível... Em todos os casos, depois de ter observado a Lua com os pés ancorados na Terra, o ser humano de hoje pôde, graças a suas aptidões e pela primeira vez em sua história, observar a Terra a partir da Lua. Mas será que essa inversão extraordinária que ampliou o campo do conhecimento tem um efeito real e profundo no campo da consciência? Podemos duvidar disso. Podemos imaginar o olhar dos astronautas dirigido à esfera mãe, suspensa no firmamento como uma verdadeira joia com seus reflexos, suas cores evanescentes predominantemente azuis. Pode-se imaginar, misturada à satisfação de ter realizado uma proeza até então inimaginável, uma provável angústia insidiosa no coração desses terráqueos. Porque do ponto de vista de onde eles o observam, o planeta Terra aparece com uma evidência grave e luminosa como o último pequeno oásis de vida que nós conhecemos em um incomensurável deserto astral e sideral. Esse deserto frio, indiferente, se afirma e se confirma na imensidão do tempo e do espaço. O que significa, então, o ser humano glorificado por essa proeza que lhe custou tanto saber, habilidade e meios materiais? Desempenho do qual ele tem um orgulho legítimo, com os pés no chão, mas que se torna bem relativo a partir do momento em que é recolocado na escala das infinitudes. Nossos delegados enviados ao espaço sentiram, talvez, o caráter quase absurdo desse sentimento. Eles tinham conseguido, de certa forma, chegar às profundezas desabitadas e inanimadas próximas de nossa esfera viva, reduzida a uma frágil embarcação submetida a motins permanentes da parte de um punhado de seres humanos navegando sem bússolas. Esses humanos não têm a menor importância para o universo.

Talvez busquemos exorcizar esse sentimento de abandono e de impotência diante de um destino implacável, marcado pelo selo da finitude; finitude que nem a força brutal das armas, nem os bilhões de dólares ou o prestígio podem subornar. Aqui não existem prerrogativas, nem salvo-conduto; não existe senão o implacável destino, ao qual sobreviverão uma memória incerta e alguns monumentos e vestígios que o incomensurável silêncio esconderá sob os milênios. Tudo é apenas precariedade. Imperadores, reis, potentados de todas as espécies, pobres ou bilionários, homens grandes ou pequenos: todos mergulham no abismo insondável do esquecimento. Nada tem importância a não ser aquela que tentamos dar a nós mesmos. Ouvi dizer que os astronautas norte-americanos e os cosmonautas russos, reunidos em não sei que circunstância, esclarecidos por sua excepcional experiência, estavam aflitos diante da futilidade das querelas ideológicas, políticas e religiosas da espécie humana no contexto de uma realidade que deveria inspirar a solidariedade mais profunda e determinada. Seguir esse exemplo nos seria de grande utilidade, com os dois pés na terra.

As soluções propostas pela agroecologia

Direitos e deveres dos povos para se alimentarem por si próprios: a mais essencial e vital de todas as atividades humanas, a agricultura

Depois da milenar civilização agrária que mantinha os humanos próximos de sua fonte de vida, a civilização dedicada ao princípio mineral (a matéria morta!) os afastou dela. A terra-mãe é hoje o elemento mais desprezado e ignorado pela maioria da comunidade científica, dos intelectuais, dos políticos, dos artistas, dos religiosos e do povo em geral. No entanto, a terra-mãe é o princípio primordial sem o qual nada mais pode surgir. Ele deveria, por conseguinte, ser legitimamente o objeto da vigilância e da proteção de todos. Estranha e perigosa ignorância no seio de uma sociedade superinformada sobre tudo, menos sobre o essencial. Uma greve internacional dos trabalhadores da terra permitiria a cada um fazer a distinção entre o indispensável, o necessário e o supérfluo. Assim a terra, organismo vivo ao qual devemos a vida e a sobrevivência, é entregue como uma cortesã aos ganhadores de dinheiro e à inconsequência da indústria que deteriora sua integridade, reduzindo-a a um substrato destinado a receber produtos químicos e pesticidas sintéticos cujas consequências negativas sobre a saúde pública não precisam mais ser provadas. Uma agricultura que não pode produzir sem destruir traz em si os germes de sua própria destruição.

O sinal de alarme já foi acionado há muito tempo: Osborn (saudado por Einstein ou Huxley), em 1949; Rachel Carson – especialmente para os pesticidas – e *Nature et progrès* na década de 1960

Reflexões, pesquisas e experimentos apaixonantes se multiplicaram em torno da cidadela inviolável da agroquímica defendida por um academismo imutável preso a suas certezas técnicas e científicas somente em nome da rentabilidade econômica.

Durante esse período, autênticos cientistas já acionavam o alarme para avisar a comunidade humana sobre as perigosas transgressões das quais ela era culpada, em detrimento de si própria. Para citar apenas dois, eu penso, em primeiro lugar, na obra extraordinária de Fairfield Osborn intitulada *Our Plundered Planet* [Nosso planeta saqueado], lançada em 1949 e saudada por autoridades como Albert Einstein ou Aldous Huxley. Osborn, ecologista precursor, evidenciava a inadequação entre o comportamento humano e a realidade natural resumida em uma frase introdutória: "A humanidade corre o risco de consumar sua ruína mais por sua luta ininterrupta e universal contra a natureza do que por qualquer outra guerra".

No que diz respeito especificamente à agricultura, também é preciso citar a obra de Rachel Carson, *Silent Spring* [*Primavera Silenciosa*][5], lançada no começo da década de 1960, que comunicava os resultados de uma pesquisa feita por uma comissão científica norte-americana para avaliar os efeitos e as consequências de pesticidas. As conclusões já eram mais do que alarmantes: os pesticidas eram apresentados como uma catástrofe para o meio ambiente natural, para os solos, para as águas, para a fauna e para a saúde pública. Nossas primaveras serão cada vez mais silenciosas, profetizava Rachel Carson, porque os pássaros que as encantam serão destruídos por venenos fulminantes. A obra causou em

---

5. Edição original norte-americana: Houghton Mifflin, 1962. Edição brasileira: Editora Gaia, 2011. (N. E.)

sua época o efeito de uma bomba, rapidamente abafado pela cegueira e pela surdez, duas tetas da ideologia do "sempre mais".

Revistas como *Nature et progrès* [Natureza e progresso] surgiam na década de 1960 para alimentar com informações, pedagogia e testemunhos uma rede de produtores e de consumidores unidos pelas mesmas aspirações. A rede permanecia, apesar de tudo, bem marginal, quase confidencial. Ela constituiu, entretanto, o embrião de uma corrente minoritária mas determinada, que, apesar de desprezada e ignorada pelos Estados e frequentemente combatida pelos protetores da ideologia agronômica dominante, acabou por se tornar uma espécie de injunção permanente endereçada ao poder de decisão e à opinião pública. Ela foi, ao mesmo tempo, acusada de ser perigosa para uma agricultura cujos desempenhos só eram igualados a sua missão salvadora: erradicar as penúrias e a fome da superfície da terra. As convicções sinceras e as intenções generosas dos seres humanos que programaram esses sistemas não devem ser questionadas, assim como a ideologia do progresso e do bem-estar igualitariamente dividido. Infelizmente, elas se baseiam em opções das quais só se puderam constatar os fundamentos errôneos ou o caráter mitológico *a posteriori*. Aqui temos um dos grandes imponderáveis de nosso destino. O erro e a ilusão são humanos, qualquer que seja a amplitude de nossos conhecimentos... E não apenas a fome não foi erradicada, mas também acabou acentuada pelas circunstâncias ecológicas e pelos mecanismos econômicos já expostos por nós.

Outras abordagens já existem, as escolas da nova corrente ecológica: Steiner, Pfeiffer, Indor, Howard, Boucher, Bernard, Delbet...

Apesar de certas divergências de pontos de vista, todos esses insurgentes eram unânimes sobre o princípio de uma agronomia e de uma agricultura inspiradas pela observação atenta dos fenômenos naturais e universais. Baseando-se nessa observação, nascerão diversas teorias e metodologias. Escolas vão ser constituídas, estabelecendo sua doutrina a partir de suas próprias referências, com suas aplicações particulares. Foi dessa maneira que apareceram algumas abordagens, para citá-las brevemente, como a biodinâmica do austríaco Rudolf Steiner exposta no *Curso aos agricultores* em 1924, seguida mais tarde pelo livro *Die Fruchtbarkeit der Erde, ihre Erhaltung und Erneuerung* [A fertilidade da terra, sua conservação e renovação], do doutor Ehrenfried Pfeiffer, o método Indor ou *O testamento agrícola* do britânico Howard, o método Lemaire--Boucher na França – inspirado pelos trabalhos de Claude Bernard e do professor Delbet sobre o magnésio – ou o de Rusch e Müller na Suíça exposto na obra *Bodenfruchtbarkeit* [A fertilidade do solo], o do japonês Masanobu Fukuoka com o livro *A revolução de uma palha*[6], a tese de meu amigo Claude Aubert *L'agriculture biologique* [A agricultura biológica], os trabalhos de André Birre...

Essas considerações devem logicamente inspirar soluções para evitar o pior

Essas obras e minha própria experiência evidenciam que não pode haver um futuro alimentar seguro sem uma política fundada na partilha da produção para a totalidade dos territórios. Isso me parece possível pela aplicação do que eu chamo de "agroecologia", que permitiria a onipresença de uma alimentação saudável e abundante e seu acesso direto por todos os cidadãos na maior proximidade sem as transferências e os transportes incessantes. Essa disposição deveria fazer parte das grandes opções nacionais e internacionais. Produzir e consumir localmente, ao mesmo tempo intercambiando o que é escasso, deveria ser a palavra de ordem universal: para isso, uma política fundiária considerando a terra-mãe, a água, as sementes, os saberes e as habilidades como bem comum inalienável deve ser estabelecida. A organização do território deverá se basear na preservação prioritária dos bens vitais.

---

6. Edição portuguesa: Via Optima, 2001. (N. E.)

Cultivar seu jardim quando isso é possível torna-se um ato político, além de uma atividade alimentar

Cultivar uma horta é uma legítima resistência a uma lógica de monopólio fundamentada em critérios estritamente lucrativos e aleatórios. Um novo inventário dos recursos está por ser feito. E todas as ações de proteção, de reabilitação e de propagação dos recursos absolutamente vitais deveriam ser apoiadas e consideradas como atos cívicos. Porque, para além das considerações mercantis, eles têm como preocupação a sobrevivência do gênero humano, com os meios que ele edificou desde as origens. Os recursos fazem parte do patrimônio da humanidade de ontem, de hoje e de amanhã, e não podem ser arruinados, confiscados ou ocultados sem prejuízo material e moral infligido a toda a humanidade. Em todo o caso, tais são os motivos do meu engajamento e da minha insurreição de consciência pacífica e determinada.

A agroecologia: a melhor escolha a serviço de um projeto humano

A agroecologia é uma técnica inspirada nas leis da natureza. Ela considera que a prática agrícola não deve se limitar a uma técnica, mas considerar o conjunto do meio no qual ela se inscreve com uma verdadeira ecologia. Ela integra assim a dimensão da gestão da água, do reflorestamento, da luta contra a erosão, da biodiversidade, do aquecimento climático, do sistema econômico e social, da relação do humano com seu meio ambiente... Ela está baseada na recriação do húmus como força regeneradora dos solos e na relocalização da produção-transformação-distribuição-consumo como elemento motor de um novo paradigma social[7].

---

7. Cf., em especial, a experiência agroecológica de Gorom Gorom em *L'offrande au crépuscule* [A oferenda ao crepúsculo], das Éditions L'Harmattan.

Fazer da ecologia e da cultura biológica uma palavra de ordem planetária não seria um retorno ao passado como alguns dizem. Essa ação tem a intenção de responder às necessidades de sobrevivência respeitando, ao mesmo tempo, todas as formas de vida. Trata-se simplesmente de colocar as descobertas da modernidade a serviço de um projeto humano: recriar estruturas de tamanho humano, revalorizar a microeconomia e o artesanato, reconsiderar a organização do território, educar as crianças nos valores da cooperação e da complementaridade, despertar sua sensibilidade para a beleza e para o respeito pela vida... Isso implica em um processo que não é nem insensato e nem injustificável. Só poderemos fazer com que a ditadura econômica desapareça nos organizando pouco a pouco para não continuarmos a ser dependentes dela. Não se trata, em todos os casos, de se tornar uma autarquia, mas sim de autonomias abertas a outras autonomias. Para isso, a relocalização de nossas atividades é indispensável. As vantagens esperadas seriam numerosas: uma segurança alimentar baseada na reciprocidade e nas trocas de proximidade, a redução da dependência em relação aos monopólios de produção, de distribuição e de transporte, um enraizamento individual em um meio natural regenerado e conservado, um modo de vida baseado na complementaridade benéfica a todos, e não na competitividade destruidora, uma política inspirada pelas necessidades e pela vivência dos cidadãos...

Insurreição das consciências pela agroecologia, uma das bases da mutação social?

A agroecologia parece ser hoje a única alternativa realista para o Norte e para o Sul.

Com efeito, o triunfo da agroquímica instaurou por longo tempo um estado de fato, uma norma quase dogmática que não se podia pôr em dúvida sem se expor ao anátema da agronomia convencional. Os resultados "milagrosos" obtidos com os adubos minerais e com os pesticidas

sintéticos ocultaram três questões essenciais. Realmente um milagre, mas:
- A que custo energético?
- A que custo ecológico?
- A que custo humano?

As respostas honestas e lúcidas para essas questões teriam evidenciado o lado menos glorioso do milagre. Elas corriam o risco, além disso, de comprometer toda uma organização ramificada em vários setores de lucro com interesses econômicos já colossais. O dogma NPK se tornava intangível e totalitário. O questionamento que era necessário pelas constatações negativas observadas desde a gênese dessa agronomia foi feito em uma espécie de clandestinidade. Um pequeno número de agrônomos e de cientistas aliados a alguns agricultores dissidentes transgrediram as regras estabelecidas pensando a agricultura com base em critérios biológicos, ecológicos e humanos. Integrando ao mesmo tempo as descobertas positivas da técnica e da ciência, esse pensamento definiu protocolos de aplicação com uma avaliação dos resultados ponderáveis em termos de eficácia. Mas ele também levou em consideração alguns efeitos induzidos sobre o patrimônio alimentar com a preocupação de sua integridade, de sua vitalidade e de sua transmissão como bem comum para a posteridade. Essa abordagem era acompanhada, para os mais exigentes, de uma filosofia e de uma ética implícitas e até mesmo explícitas. Isso, em certos casos limitados, foi a fonte de um integrismo biológico fundamentado em algumas considerações metafísicas, em oposição a um integrismo científico, crispado em suas certezas materialistas. Sob formas menos extremas, a separação, entretanto, continuaria e acabaria levantando controvérsias permanentes em uma situação claramente desfavorável à ecologia.

O continente africano é imensamente rico graças a todos os seus recursos

Um perfeito exemplo da aberração de nosso sistema e do poder que a alternativa agroecológica poderia ter é o continente africano. É verdade que ele tem condições climáticas difíceis, mas sua situação é sobretudo agravada por um modelo planetário injusto e arrogante, doente por causa da corrupção e por causa da desonestidade. Diga-se de passagem, é perturbador constatar que o continente africano seja considerado como pobre pela opinião pública, quando ele é imensamente rico graças a todos os seus recursos, especialmente sua população jovem, o que se torna cada vez mais raro no planeta. Esse continente representa uma superfície de quase dez vezes a Índia, com uma população que logo será de um bilhão de indivíduos, o que lhe dá uma proporção bem aceitável em comparação aos outros. Além disso, trata-se de uma população jovem e potencialmente muito ativa em que 60% têm menos de trinta anos. Entretanto, o continente africano, com uma população atolada em um destino aleatório no qual sobreviver é o que há de mais difícil, é representativo da condição de um número sempre crescente de seres humanos no planeta. A todas as dificuldades devidas às condições climáticas soma-se um modelo planetário cruel, injusto e arrogante, em que o câncer da corrupção, da desonestidade e dos desvios quase legalizados castiga a população. Esses comportamentos, que se tornaram a norma, desonram nossa espécie por sua deformidade e se oporão sempre à emancipação dos povos. No entanto, não se deve esquecer de que, no próprio coração dos países mais prósperos, desenvolvem-se alguns focos de uma das piores misérias que existem, a obliteração social, a clonagem e a padronização dos espíritos.

Por todas essas razões, eu sou a favor do perdão da dívida, mas somente se houver um processo contra a corrupção.

A agroecologia: uma alternativa pouco onerosa e adaptada às populações mais desfavorecidas para a recuperação da autonomia, da segurança e da salubridade alimentares

A prática agroecológica tem o poder de fertilizar novamente os solos, de lutar contra a desertificação, de preservar a biodiversidade, de aperfeiçoar o uso da água. Uma alternativa pouco onerosa e bem adaptada às populações mais desfavorecidas. Por meio da revalorização dos recursos naturais e locais, libera o camponês da dependência dos insumos químicos e dos transportes geradores de tanta poluição e responsáveis por uma verdadeira coreografia do absurdo, onde os produtos anônimos percorrem, a cada dia, milhares de quilômetros em vez de serem produzidos no local de seu consumo. Finalmente, ela permite a produção de uma alimentação de qualidade, garantia de boa saúde para a terra e para seus filhos.

Responder desse modo às necessidades de nossa sobrevivência, respeitando, ao mesmo tempo, todas as formas de vida, é evidentemente a melhor escolha que nós podemos fazer se não quisermos ficar expostos a fomes sem precedentes. É a isso que a agroecologia responde, tal como nós a entendemos.

Apoiando-se em um conjunto de técnicas inspiradas em processos naturais como a compostagem, o não revolvimento do solo, o uso de chorumes vegetais, as associações de cultivos, etc. Ela permite que a população reencontre a autonomia, a segurança e a salubridade alimentares enquanto regenera e preserva seus patrimônios nutricionais. Ela é universalmente aplicável porque é fundamentada em uma boa compreensão dos fenômenos biológicos que regem a biosfera, de maneira geral, e os solos, de maneira particular.

É dessa maneira que a agroecologia bem compreendida pode ser a base de uma transformação social. Ela é uma ética de vida que introduz uma relação diferente entre o ser humano, sua terra-mãe e seu meio natural, e permite interromper o caráter destrutivo e predatório dessa relação.

Ela representa bem mais do que uma simples alternativa agronômica. Ela está ligada a uma dimensão profunda do respeito pela vida, e coloca o ser humano novamente diante de sua responsabilidade em relação ao vivo. Muito mais do que prazeres superficiais sempre insatisfeitos, ela lhe permite reencontrar a vibração do encantamento, o sentimento desses seres primordiais para quem a criação, as criaturas e a terra eram, antes de tudo, sagradas.

Segunda parte

O humanismo

A problemática humana como fonte das desordens humanas e ecológicas

Segundo a definição do dicionário, o humanismo é "qualquer teoria ou doutrina que tem como objeto a pessoa humana e sua realização pessoal". Ao se restringir a essa definição, corre-se o risco de se prolongar o mal-entendido já prejudicial à evolução construtiva de nossa história comum e à nossa relação com a natureza. O ser humano outorgou a si mesmo o estatuto de príncipe podendo dispor da vida segundo sua conveniência e a seu bel-prazer. Ele abusou tanto dessa soberania que toda a biosfera e suas criaturas acabaram arruinadas. Essa transgressão é caracterizada em termos morais. Até mesmo as doutrinas religiosas que legitimaram esse reinado parecem ter favorecido a imensa profanação imposta à Criação, proclamada, aliás, por essas mesmas doutrinas como obra divina e, portanto, de essência altamente sagrada. Um humanismo universal é, decididamente, incompatível com tanta confusão e incoerência. Se as aptidões e as proezas do *homo economicus* são consideráveis, falta a inteligência para colocá-las a serviço da humanização. E é nesse déficit de lucidez que reside o maior perigo para o futuro imediato. Seria, então, necessário renunciar em definitivo a um projeto tão ambicioso sob o pretexto de que ele se tornou impossível pela própria natureza humana? Deveríamos nos submeter ao poder da fatalidade e nos acomodar às magras possibilidades oferecidas a nossas iniciativas para tentar uma humanização muito improvável? A coisa é ainda mais difícil porque tudo começa pelo próprio ser humano. Ele é seu próprio obstáculo no caminho de sua própria libertação. Estamos tão condicionados a pensar segundo critérios errôneos! É difícil para nós pensar a vida fora de um esquema inspirado pela vontade de poder, como provável reação ao que os especialistas chamam de medo primal. Se não fosse pelo atoleiro onde nos encontramos, deveríamos talvez nos contentar em fazer todo o possível, deixando ao divino, ou a um sobressalto milagroso de consciência, o impossível...

Pareceu-me indispensável dissipar alguns enganos que, do meu ponto de vista, constituem a estrutura do modelo que domina o conjunto da ordem planetária. Inúmeros mal-entendidos perduram e impedem uma visão clara dos fatos de ontem e de hoje para melhor orientação para o futuro. Desgastamo-nos em atenuar os erros em vez de trazer soluções radicais na medida do perigo que eles representam.

O planeta doente por causa do gênero humano

O ser humano apareceu tardiamente na biosfera. No começo, bem minoritário entre as inúmeras criaturas que há muito tempo lhe precediam, fisicamente frágil diante de todas as espécies mais bem estruturadas para a sobrevivência, ele poderia ter se extinguido rapidamente se não fosse dotado de inteligência, consciência, habilidade manual e, ao que parece, de pés muito especiais aos quais ele deve a verticalidade. Hoje, existiria um excesso de seres humanos: eles usaram seu saber e sua habilidade e dominaram todas as espécies das quais eles restringem, por uma invasão contínua, os limites da vida, eliminando-as de mil maneiras. Eles se tornaram os predadores sem predador, atribuíram a si mesmos uma soberania moralmente ilícita sobre toda a criação. A espécie humana também é a única a se autoexterminar. Mesmo os grandes símios, próximos de nossa espécie, que o nosso imaginário veste com uma fantasia de ferocidade sanguinária, são vegetarianos pacíficos que não destroem uns aos outros e só têm o instinto belicoso de sobrevivência. Em uma ordem fundamentada na proteção a qualquer preço que nos parece cruel, todas as atrocidades "naturais" são, antes de tudo, determinadas por essa necessidade implacável. Mas, diferentemente da predação humana, o leão devora antílopes porque sua própria existência depende disso, mas ele não tem nem banco, nem estoques de antílopes para comercializá-los em dólares e deixar seus congêneres passando fome. Cada sangria está, de alguma maneira, baseada na vida que se dá pela vida para que tudo possa continuar a viver. Nessa ordem, a vida e a morte não são antagonistas, mas sim cúmplices e complementares como os dois pedais sem os quais a bicicleta não pode andar. A vida é um movimento, feito de nascimentos, desenvolvimentos, reproduções e declínios para novos nascimentos, e nós não temos outra escolha a não ser admitir essa regra que nos implica sem que compreendamos a sua finalidade. Talvez essa seja a incompreensão que nós tentemos dissipar sem conseguir, incompreensão que seria a causa da angústia que nos habita. Porque, apesar da compreensão, da consciência e do livre-arbítrio de que somos dotados, somos realmente obrigados a constatar a enorme divergência que não para de crescer entre nossa história e os fundamentos da vida — que são, no entanto, as únicas garantias de nossa sobrevivência. O planeta está, por assim dizer, doente por causa dos seres humanos. Podemos, durante muito tempo, dissertar sobre essas questões, mas uma pergunta lancinante permanece: por que declaramos guerra contra a vida a qual devemos a própria vida?

O ser humano: uma catástrofe ecológica importante

Se examinarmos objetivamente, sem outras considerações a não ser as consequências ponderáveis, o impacto do ser humano sobre a esfera viva pode ser assimilado a uma catástrofe ecológica importante. Trata-se de um epifenômeno de efeitos negativos consideráveis em um tempo infinitesimal. Esse acontecimento desconcerta a razão, porque obriga a achar que a natureza teria assumido o risco de que uma criatura, a qual ela teria dado todos os meios, tivesse a única finalidade de se voltar contra ela para lhe causar os piores danos. A menos que a natureza ou o divino tenha sido vítima de uma grande ingenuidade. Talvez, pura e simplesmente, devesse ter sido dado ao ser humano, para o melhor e para o pior, o espaço de uma liberdade inalienável, para exaltar um livre-arbítrio como meio de sua realização pessoal e de sua participação na ordem universal. Isso validaria o princípio da famosa cocriação e da concretização da obra divina pelo homem, enaltecido por certos dogmas religiosos. Seja como for, podemos constatar, na hora do balanço geral, que as consequências das atrocidades cometidas pelo homem contra a natureza se voltam igualmente contra ele mesmo. Então, o planeta não é o palco de caprichos gratuitos. O ser humano teria, de certa maneira, segundo o princípio implacável de causa e efeito, programado de modo livre, ou inconsciente, sua própria expulsão do princípio que lhe deu a existência. Nessa perspectiva, a hominização teria sido um erro; pior ainda, um absurdo. Como a consciência de um homem justo pode admitir essa cruel hipótese? A extinção prematura da espécie humana devido a suas próprias transgressões, considerada hoje uma séria probabilidade, traria à tona de novo, e em definitivo, a humanização universal que, apesar das aparências, continua a ser uma aspiração permanente do gênero humano desde que ele pôde distinguir o bem do mal. Algo nos diz que a finalidade do ser humano é transcender a hominização como fase, dando uma realidade tangível física, biológica e material à nossa existência, em direção a uma realização que apenas nossos atributos imateriais (inteligência, consciência, sentimentos, livre-arbítrio etc.) podem realizar. Nós temos a capacidade de escolher, de orientar nosso destino, mas, sem dúvida, não entendemos que isso deveria acontecer no contexto estrito das condições fundamentais estabelecidas pela natureza. A realização do ser humano teria, então, como finalidade fazer com que, por meio de um humanismo esclarecido dentro da criação, uma dimensão inédita surgisse, uma espécie de emblema oriundo da mais alta e mais elevada realização da criatividade humana. A humanização poderia ser a obra de uma força criadora livre da complexidade e das dificuldades da hominização. O gênero humano, mesmo ancorado no mundo dos fenômenos elementares, do qual ele teria entendido o valor e a beleza, entraria na era da leveza e da preeminência do espírito, favorecendo o aparecimento de uma visão "sagrada" da realidade e do real. Para fazer isso, seria possível, finalmente, a humanidade partilhar o que ela gerou de melhor para reduzir e abolir o pior que a ameaça mais do que nunca e da maneira mais decisiva?

O quebra-cabeças das nações: produto da incoerência

Examinado em um mapa-múndi, o planeta, uno e indivisível por natureza, ganha a configuração de um quebra-cabeça. Os humanos imprimiram fronteiras nele. Cada pedaço do quebra-cabeça representa o território mais ou menos extenso de uma nação. Entretanto, contrariamente ao quebra-cabeça, cujos elementos uma vez reunidos apresentam uma configuração que dá coerência e inteligibilidade ao todo, o das nações produz incoerência. Porque cada uma delas está confinada em um território dito "legítimo", complementado com uma bandeira, um hino nacional... Paradoxalmente, as fronteiras estabelecidas de modo arbitrário e incessantemente modificadas, segundo as circunstâncias e as perspectivas da história, devem, em teoria, proteger os cidadãos, mas, ao mesmo tempo, os aprisionam. Cada território se torna, assim, um enclave dentro de uma grande totalidade. Trata-se, aí, do desmembramento e do fracionamento de um princípio unitário que caracteriza, como vimos, nossa esfera terrestre. O nacionalismo cria, por fim, uma segurança ilusória, agrava a insegurança que ele deve abolir e legitima a fabricação das armas para a famosa defesa do território e, consequentemente, os equipamentos defensivos, ofensivos, dissuasivos... Essa fragmentação é como a expressão, em grande escala, do tribalismo inicial não resolvido. Esse tribalismo se desdobra, do mesmo modo, em divisões de crenças, ideologias, opiniões, religiões, etnias e castas sociais. Essa divisão é a raiz dos pequenos e grandes conflitos; a política e a geopolítica nos mostram uma ilustração magistral disso. Esse tribalismo se baseia também na anexação e na anulação de inúmeras culturas e identidades, o que tem como efeito uma hegemonização que não parou de empobrecer a coletividade humana, padronizando-a em detrimento de sua diversidade como riqueza de todos.

Nós somos responsáveis pela ordem ou pela desordem que instauramos

A fragmentação no domínio material é o reflexo da fragmentação em lugares sutis da psique humana. Perceber claramente que a busca de segurança pelo tribalismo está na raiz da insegurança e, então, da violência não é uma tarefa fácil porque isso implica ir à fonte da insegurança que se encontra em cada uma e em cada um de nós. Sem entrar em considerações psicanalíticas, é evidente em todos os casos que o mundo tal como os humanos o quiseram foi inteiramente determinado pelos conceitos oriundos da psique humana. Nem a natureza, nem os extraterrestres são responsáveis pela ordem ou pela desordem que nós instauramos. A intenção humana cria, incarna e materializa as coisas desde o objeto mais rudimentar ao mais elaborado ou sofisticado. A terra se encontra abarrotada, enfeiada ou embelezada pelas obras do presente ou pelos vestígios de um tempo passado – vestígios por vezes enterrados sob as areias dos desertos que os humanos muitas vezes provocaram com os seus excessos. Esses excessos são hoje agravados e acelerados em um planeta oásis reduzido a um cassino e destruído pela pilhagem e pela lei do mercado. Algumas inovações estão marcadas pelas visões fragmentárias daqueles que as produziram. Desde o tacape primitivo ou a espada até o míssil intercontinental, é a pulsão de morte dirigida contra os outros que determina essa arte arcaica e bárbara. Apesar de todas as nossas capacidades e de nossos meios, a ordem que nós instauramos sobre a terra é, então, na realidade, uma imensa desordem.

O que é humanismo no século XXI?

Servir os valores ou se servir dos valores?

Essas são as duas questões que cada indivíduo deveria elucidar para si mesmo a fim de esclarecer seus compromissos humanistas. Mas de quais valores se trataria? A concepção e a definição dos valores foram temas de grandes debates e de controvérsias filosóficas, teológicas, metafísicas e ideológicas durante todo o percurso da história da humanidade. Consequentemente, eles foram pretextos para reagrupamentos e nacionalismos, causas de separações, de discórdias e de conflitos. Foi em nome dos valores contraditórios que os humanos não pararam de se enfrentar, continuam a fazê-lo e o farão durante muito tempo ainda se não houver uma grande mudança nas consciências para evidenciar a unidade absoluta do gênero humano.

O cristianismo contra o Islã ou o judaísmo e a ideologia comunista contra o liberalismo deram o famoso equilíbrio do terror, a guerra fria, o Oriente contra o Ocidente, povos contra povos... Cada antagonista estava convicto de defender a Verdade e os verdadeiros valores, chegando a apelar à caução divina para infligir os piores maus tratos a seus semelhantes. A história humana está como que aprisionada na rotina de uma terrível fatalidade, entre a violência legitimada direta e indireta, moral e imoral, a violência econômica que esfomeia povos inteiros e a violência física pelas armas mais aperfeiçoadas. Dessas tragédias nós obtemos obras de arte, doutas análises e teses que enchem nossas bibliotecas e grandes comemorações, mas permanecemos impotentes ou indiferentes para erradicá-las quando elas acontecem diante dos nossos olhos.

Os valores em uma perspectiva de humanização para a construção de um mundo enfim pacificado

Entretanto, se bem que fortemente marcada pelas grandes tragédias, a história da humanidade gerou, igualmente, valores cuja natureza transcendente é reconhecível pelo fato de contribuir para uma autêntica humanização do destino coletivo. Eles participam da instauração da unidade, da solidariedade e da convivialidade do gênero humano. Consequentemente, eles são como a quintessência do que a consciência humana criou de mais belo e de mais elevado.

Servir a esses valores é contribuir para sua transmissão em sua integralidade, sem subordiná-los a nossos instintos, a nossos interesses, a nossa vontade de poder ou de dominação física, psíquica ou moral. Esses valores são o meio mais precioso que temos para construir um mundo enfim pacificado, oriundo da paz que teremos realizado em nós mesmos. Essas considerações não podem ser reduzidas a uma lição de moral. Eu não tenho essa pretensão. Elas constituem fatos objetivos e observáveis por todos os que quiserem. Em vez de proclamar verdades que podem ser interpretadas de mil maneiras segundo a conveniência de cada um, eu prefiro nos convidar, de modo recíproco, à união para servir e promover valores simples tais como a benevolência em relação aos que se encontram em nosso entorno, uma vida sóbria para que outros possam viver, a compaixão, a solidariedade, o respeito e a proteção da Vida sob todas as suas formas.

Sair do limbo do medo

Os humanos não vão conseguir sair do limbo de todos os medos que os fazem, sem parar, se lançar uns contra os outros, sem realmente entender o caráter miraculoso de seu advento. A ciência desses mesmos humanos lhes ensina que a vida no planeta se deve à conjunção, então bem improvável, de fatores absolutamente determinantes.

Foi necessário, para esse fragmento do sol, para essa porção de matéria desgrenhada pelo fogo, quatro bilhões e meio de anos de uma alquimia complexa, uma espécie de incubação convulsiva de violência incrível durante a qual os elementos se enfrentaram, longamente, para depois se acalmarem e, enfim, darem origem a uma esfera paradoxal, matriz de vida. Dessa obra colossal apareceu, como uma quintessência oriunda de toda essa paciência, um conjunto de organismos vivos, de animais e de vegetais, compondo assim uma biosfera ao mesmo tempo forte e frágil, soberba como uma deflagração de vida. Para se medir o valor e a raridade dessa biosfera que podemos conceber como um invólucro, é possível imaginar uma grande bola envolta por um saco plástico: a espessura desse saco representaria essa espécie de estômago revirado que produz, digere e transforma o que produz sem que haja o mínimo desperdício. E é desse sistema que nós mesmos somos oriundos e no qual nós estamos, irrevogavelmente, incluídos. Ainda que estejamos longe de conhecer tudo, agora temos um saber suficiente para iluminar nossa compreensão e inspirar nosso comportamento em relação a uma obra tão extraordinária, e é nessa questão que, de modo evidente, estamos perigosamente falhando. Por não se sabe qual obscurantismo, que faz de nossa espécie um tipo de "fenômeno geológico" na integridade biológica, nós infligimos danos indignos da inteligência a essa obra magnífica.

As aquisições positivas da ciência: a tecnologia pode tornar-se um instrumento prodigioso de uma mutação positiva sem precedentes

As aquisições positivas da ciência e da técnica não devem ser recusadas, mas elas não podem continuar a servir ao princípio de dualidade e de fragmentação que domina a visão geral que a humanidade de hoje tem sem participar, eficazmente, da extinção de nossa espécie. Um postulado de união, convivência e generosidade deve ser adotado, e nós sabemos o quanto outra educação para as crianças poderia rapidamente contribuir para isso. Com esse postulado, a tecnologia pode tornar-se um instrumento prodigioso de uma mutação positiva sem precedentes. Isso, uma vez mais, implica uma consciência coletiva livre dos medos que nos valem, por exemplo, um arsenal de armamentos ridiculamente trágico. O futuro está, mais do que nunca, subordinado à maturidade de uma humanidade ainda perigosamente infantil. Existem organizações humanas ditas sérias, imponentes e cheias de fórmulas cultas, mas que evocam o jardim de infância, sem a sua inocência ...

Os superinstrumentos tecnológicos precisam de superconsciências

Uma parte importante dos conflitos humanos não tem como razão as problemáticas territoriais, mas a afirmação de símbolos, crenças, nacionalismos, culturas e ideologias divergentes. Nós nos degolamos mutuamente muito mais por ideias, "verdades", opiniões, preconceitos e por dogmas contraditórios do que por litígios realmente tangíveis. A dualidade é praticamente considerada como o fundamento do viver junto. Alguns se referem ao princípio darwiniano de luta entre as espécies como se ela fosse a origem do progresso e a geradora de um sistema dinâmico. É espantoso constatar que o antagonismo e a competitividade, que enfraquecem e arruínam o sistema humano – como cada um e cada uma podem constatar e dos quais podem ser, às vezes, a vítima ou o carrasco – sejam preferidos à unidade, à solidariedade e à reciprocidade cuja potência construtiva e positiva é infinita. E essa falha é tanto mais lamentável pelo fato de que hoje, mais do que nunca, com suas inovações, a espécie humana dispõe dos meios capazes de servir a sua unidade, embora devesse ter um desejo esclarecido de fazer isso. O planeta, doravante, já é uma aldeia: para se ir de um continente a outro é preciso apenas algumas horas; uma rede de telecomunicações, cada vez mais eficaz, interconecta os indivíduos com os equipamentos necessários para isso, uma parcela minoritária, na verdade, e permite intercâmbios em nível mundial. Uma espécie de noosfera, de rede, de trama de consciências ao redor do planeta é hoje possível. Ela se constroi, mas sob quais critérios? Se ela continuar a servir à competitividade, à dualidade, à lei do mercado e a conexão de solidões e torpezas humanas, ela vai, então, apenas acelerar o processo de deslocamento do sistema humano e a implosão final. Será que os instrumentos de comunicação serviriam à relação, a saber ajudar na tomada de consciência da unidade e da identidade da espécie humana? Não se pode ter a mínima certeza sobre isso. Os superinstrumentos precisam, imperativamente, de superconsciências para sair do uso infantil que fazemos deles.

As novas propostas que tendem a uma mudança de paradigma e a comunhão de nossos talentos e de nossos meios para construir o mundo de outra maneira

O fato de que o crescimento ilimitado seja o problema e não a solução é uma evidência que ganha, finalmente, os espíritos. Todas essas propostas circunstanciadas demonstram, em definitivo, a necessidade absoluta de mudar de paradigma se quisermos que nossa história prossiga. Porque imaginar que o modelo de sociedade que domina e determina o mundo possa ser simplesmente reorganizado é uma ilusão muito perigosa. Acreditar, por exemplo, que o planeta, embora limitado, seja apenas uma jazida de recursos a ser esgotada até a última árvore ou peixe é uma fraqueza espiritual. Um novo paradigma ou uma nova lógica, inspirada pela urgência ecológica e humana deve, imperativamente, colocar o homem e a natureza no âmago de nossas preocupações e todos os nossos meios e competências a seu serviço.

Evidentemente, qualquer consciência que desperte e aja já triunfou sobre a fatalidade. Porque participa da coerência da sociedade pela coerência que ela instaura nela mesma e em sua vida. Todos nós estamos convidados, não a renunciar ao mundo, mas a fazer a comunhão de nossos talentos e de nossos meios para construi-lo de maneira diferente. Entre as coisas possíveis a serem feitas para se construir o humanismo, nós podemos:

- Ensinar às crianças a solidariedade, o respeito à vida, a gratidão, a moderação e a beleza que nos é, abundantemente, oferecida à nossa admiração. Podemos ver o surgimento de gerações de crianças que, por causa da falta de um despertar para a vida, são reduzidas a meras consumidoras insaciáveis, indiferentes e tristes. A educação não parece levar em consideração as fantásticas mutações do mundo e a necessidade de preparar as gerações futuras para os grandes desafios do tempo presente. Uma reforma profunda precisaria, entre outras coisas, abandonar o espírito de competição em prol da complementaridade e da emulação, encorajar a aproximação com a natureza para melhor compreendê-la e respeitá-la, reabilitando o trabalho e a inteligência das mãos.
- Trabalhar para o reequilíbrio do feminino/masculino. A subordinação universal da mulher é um horror ao mesmo tempo que uma aberração prejudicial para uma evolução positiva da história. É necessário, por exemplo, renunciar ao termo "sexo oposto", substituindo-o por "sexo complementar", que traduz objetivamente a realidade e induz um modo de pensamento mais de acordo com a evidência. O feminino está no coração da mudança.
- Respeitar todas as formas de vida e, particularmente, as criaturas que acompanham nosso destino, que foram tão preciosas ao longo de nossa história e a quem nós, humanos, devemos tanto. Uma condição de opressão e de violência moralmente ilícita é imposta, em especial, ao mundo animal.
- Respeitar e cuidar da terra a qual nós devemos nossa vida e nossa sobrevivência, assim como de todos os bens comuns indispensáveis: água, biodiversidade selvagem e doméstica, saberes e habilidades úteis à realização pessoal de todos... Colocando os

pés de volta na terra e nos reconectando à natureza, nós podemos reencontrar o sabor desse laço tão vital e senti-lo em nós.
• Transferir os esforços e os meios dedicados ao assassinato e à destruição para a resolução dos grandes sofrimentos humanos, como a fome, as doenças..., e para a restauração de uma biosfera terrivelmente danificada.
• Considerar a moderação e a sobriedade como uma arte de existir em harmonia consigo mesmo, com os outros e com a natureza. Trata-se de um questionamento reflexivo do "progresso", de um ato consciente de liberação da obsessão da privação, que gera angústia, violência e injustiças intoleráveis.
• Dar novamente à economia a dignidade e a capacidade de regulação das legítimas necessidades da maioria. Renunciar à pseudoeconomia baseada na insaciabilidade e na avidez humana que arruína o planeta e produz penúria, injustiça e violência, e que serve bem mais ao supérfluo do que atende às verdadeiras necessidades. Se as regras da economia tivessem sido aplicadas, não faltaria nenhum bem vital a nenhum ser humano e os recursos não seriam escandalosamente confiscados por uma minoria de humanos em detrimento da maioria. Produzir e consumir localmente é uma primeira etapa.
• E por que não sonhar com uma oficina internacional de restauração de nosso maravilhoso planeta? O poder está em nossas mãos.

Na base de uma transformação do mundo, uma transformação pessoal

Entretanto, a mudança de paradigma não terá chance de sucesso sem um comportamento individual baseado na moderação e na autolimitação, onde os valores do ser teriam a primazia em relação aos do ter. É por isso que a utopia da sobriedade voluntária e feliz é um desafio ao mesmo tempo ético, político, ecológico e estratégico. Ela é ética porque contribui para uma repartição mais igualitária dos bens legítimos. Ela é política porque instaura uma organização social fundada em um trabalho e uma criatividade humana a serviço da necessidade e não para a acumulação de bens infinitamente capitalizáveis. Ela é ecológica porque contribui para a economia dos recursos naturais reduzindo as extrações. Ela é estratégica porque anula o "sempre mais" no qual se fundamentam as ditaduras econômicas e mercantis.

Essas propostas não são nem preceitos morais, nem um novo decálogo para uso do eco-humanista, mas propostas sugeridas pela evidência e inspiradas pelo desejo de um mundo mais gratificante para a inteligência e para o coração. Porque a lógica que hoje domina o mundo é totalmente incompatível com a vida, e nós devemos renunciar a ela. Ela não pode ser indefinidamente adaptada e prolongada como a governança internacional encarregada do destino coletivo insiste em fazer. A ideia de mudar para não desaparecer afirma-se e vai continuar a se afirmar cada vez mais como um ultimato irrevogável. Entender e levar em consideração essa exigência será, enfim, a prova de que a inteligência baseada na lucidez poderá dar uma ordem construtiva a nossas aptidões. Uma espécie de intuição nos faz pressentir a existência, na realidade em que estamos englobados, de um princípio que nada pode atingir nem perverter. Isso nos é, particularmente, revelado pela imensa beleza da natureza. Mas isso só pode ser apreendido nesses momentos, raros demais no frenesi do mundo, em que o silêncio dissipa todos os nossos tormentos. É aí que nós podemos ter a plena consciência da majestade da vida e de nossas vidas. Por si só, esses instantes merecem nossa gratidão e nossa devoção esclarecida.

Um humanismo universal estaria, finalmente, na ordem do dia da história da humanidade?

Essa questão é plenamente legítima para cada uma e cada um de nós porque diz respeito à finalidade e à razão de ser daquilo que Teilhard de Chardin[8] chamou de "fenômeno humano". No contexto da evolução geral, será que esse fenômeno seria o resultado de uma combinação entre outras de átomos e de cromossomos e, portanto, um acaso sem objetivo? Será que ele é o coroamento de uma grande obra oriunda de uma consciência suprema com um objetivo determinado por um "plano"? Nesse caso, tratar-se-ia da iniciativa de um princípio que teria feito do homem o objeto principal, ou até mesmo a razão de ser da criação. Podemos dar respostas diversas a essas duas hipóteses contraditórias e até mesmo conflitantes. Temos que constatar que a ausência de certeza absoluta e a imensidão do mistério dá a cada um de nós o sentimento de sermos os passageiros de um trem do destino do qual ignoramos tanto a proveniência quanto o destino. Enquanto o trem anda, o carrossel de nascimentos e dissipações gira nos ritmos e nas cadências dos dias, dos anos e dos séculos. Isso dá a nossa presença momentânea no mundo, sejamos ricos ou pobres, imperadores, reis, presidentes ou simples cidadãos do planeta, uma contingência singular: nós passamos, mas a vida permanece e continua. Se excetuarmos a visão criacionista, hoje considerada como uma singularidade sem fundamento pela maioria da comunidade científica, o aparecimento da espécie humana é bem tardio no processo da vida na Terra, e resulta e faz parte desse processo. Se adotarmos 24 horas como referência, esse acontecimento se situa nos dois ou três últimos minutos, dando uma medida temporal a toda essa longa evolução. Será que ainda é necessário lembrar que foi preciso 4 bilhões de anos para que um conjunto de organismos vivos, vegetais e

---

8. Pierre Teilhard de Chardin (1881-1955), padre jesuíta que se dedicou à paleontologia, sendo também autor de diversas obras que misturam reflexões filosóficas com teologia católica. (N. E.)

animais, pudesse surgir em volta de uma massa mineral considerável? Damos o nome de biosfera a esse conjunto, e é ele que, após muitas inovações extraordinárias, permitiu o surgimento de um mamífero aperfeiçoado, vertical, dotado de entendimento, de consciência, de habilidade manual, de livre--arbítrio...

Eologia e humanismo

No próprio âmago dos grandes tormentos e das piores violências que a humanidade sabe muito bem provocar e manter, alguns fermentos de humanismo estão sempre presentes. As sementes de paz, compreensão, compaixão, altruísmo, equidade e amor são componentes do gênero humano, muito frequentemente submersas pela amplitude das tragédias que, ao mesmo tempo, são provocadas por ele. Entretanto, é possível se perguntar legitimamente por que as retrospectivas permanentes sobre os horrores do passado, adicionadas aos que acontecem cotidianamente diante dos nossos olhos, não produzem resoluções inflexíveis para pôr em definitivo um fim a isso. Esses dramas se inscrevem nas memórias, em livros difíceis de entender, são os temas de discursos vibrantes, de análises e estudos eruditos dos historiadores que enchem as bibliotecas. Deles são feitas obras de arte, cinema, discursos ditirâmbicos, gestos heroicos e controvérsias de eruditos que reforçam os cantos patrióticos, exacerbam os ódios e os desejos de vingança, suscitam inovações cada vez mais mortíferas para novos ossários tão logo os armistícios são assinados, acompanhados pelo famoso "isso, nunca mais" e seguidos de comemorações cheias de emoção. Lápides e monumentos são erguidos em memória dos heróis e das vítimas, mas a erradicação do horror, que uma verdadeira inteligência deveria sugerir, sempre é postergada. Toda a história é como que marcada com o selo da zombaria e da impotência. A humanidade nunca empregou tanto talento tecnológico e meios financeiros a serviço do instinto assassino quanto hoje, conforme testemunha nosso arsenal militar mundial. Os encantamentos sobre o amor, a democracia, os direitos do homem, a liberdade e a concórdia se misturam às "tempestades de aço" incessantes para indicar toda a hipocrisia de um destino ambíguo. Diante da constatação de impotência da humanidade de sair do emaranhado da violência multiforme (nacionalista, militar, econômica, ideológica, religiosa...), o entendimento mais elementar não tem outro recurso que não seja crer em algumas entidades maléficas, satânicas, que conservariam o "mal" manipulando o ser humano sobre o qual elas teriam uma grande ascendência. Assim, a espécie humana estaria confrontada com o dilema de conhecer e recusar o mal, mas sem poder se libertar dele. Ela seria, segundo essa hipótese que pode se tornar metafísica, vítima de um sortilégio, de um encantamento, de um malefício dos quais apenas uma grande potência tutelar poderia libertá-la. Como concordar com essa hipótese que pode se tornar um álibi fácil para isentar os humanos de uma responsabilidade por sua condição?

Liberta-nos dos tormentos incessantes pela admiração e pela gratidão

Todas essas questões, mais uma vez, e quaisquer que sejam nossas especulações impotentes, levam-nos a um estuário de desconhecimento. Com essas hipóteses, não tenho outras proposições além de reconhecer que a intuição dos povos para quem a criação e as criaturas são sagradas me interpela. Cada um pode exclamar, como um provinciano admirado diante da grandiosidade que o planeta nos oferece: Como é lindo! Como é lindo! E eis-nos libertos dos tormentos incessantes pela admiração e a gratidão, enfim, no âmago de nossa vocação de saber amar e tomar conta de nós mesmos, de nossos semelhantes, das criaturas que nos acompanham e de nosso planeta-mãe que não nos pertence, mas ao qual pertencemos. Indubitavelmente, nós passamos, ele permanece...

A beleza poderia salvar o mundo?

Do meu ponto de vista, a resposta a essa questão é "sim", mas ela precisa de um esclarecimento que está longe de ser simples, e eu tenho consciência disso. Então, vou tentar dar meu testemunho sobre isso, diante da complexidade de uma sociedade cujo futuro depende das utopias das quais temos a audácia.

Alguns acham, portanto, que a beleza pode salvar o mundo; para falar disso, precisamos entrar em um acordo para decidir o que é a beleza e de qual mundo se trata. Antes mesmo do surgimento de nossa espécie, o que podemos admirar da natureza hoje já existia: uma abóbada celeste, coroada pelo sol que despeja suas ondas de luz e de calor sobre a terra durante o dia e semeada à noite por suas constelações longínquas, como petrificadas em um silêncio infinito, com uma lua em seus ciclos e suas cadências imutáveis; as florestas, as montanhas, os rios, os oceanos e todas as criaturas que neles habitam; o deslumbramento de cores, de perfumes, de cantos de pássaros já existia bem antes de nós existirmos. A mesma coisa acontece com a cólera dos elementos, as tempestades, o raio e os ciclones, as erupções vulcânicas, a fúria das águas, os terremotos, mas também a calma profunda, a paz profunda, a leveza da brisa... Nós poderíamos logicamente dizer que a beleza não se importa nem um pouco com o ser humano. Sua existência ou não é, por assim dizer, contingente. A beleza existiria por ela mesma e para ela mesma; da mesma maneira, a extinção do gênero humano não mudaria em nada essa realidade, e o planeta Terra continuaria sua evolução aliviado de um bípede bem "turbulento". Admitindo-se isso, essa constatação repõe as coisas em seu devido lugar. Nela existe uma maravilhosa fonte de humildade para o autoproclamado príncipe da criação. O que foi então feito, enfim, do fenômeno humano nesse contexto?

A antropologia e a arqueologia evidenciaram que, desde o seu despertar, o ser humano se mostrou sensível à realidade à qual pertencia. Sensível à natureza, não apenas pelo que ela lhe oferecia para sua sobrevivência biológica de coletor-caçador-pescador, mas também, por mitos e símbolos, ao que ela provocava em sua psique, em sua intimidade emocional. As pinturas rupestres, por exemplo, já são testemunhos da capacidade desse primitivo de observar, de um modo muito incisivo, as criaturas presentes em sua era de existência. Ele as teria até divinizado para provavelmente se exorcizar do terror que lhe inspiravam, como de tantos outros fenômenos, até então inexplicáveis para muitos. O todo se inscrevia no grande mistério da vida que lhe fazia pressentir a alma de um criador em toda coisa criada.

Durante longos períodos, a expressão da beleza para esse animista foi inspirada e diversificada pela diversidade da natureza. Foi assim que, representando, por exemplo, cenas que ilustravam sua própria vida, nossos longínquos ancestrais nos permitiram, pela magia da arte, dividir com eles suas impressões e seus sentimentos profundos. O ser humano opera, assim, esse milagre de produzir uma espécie de fenômeno vibratório sob a forma de um código emocional transmissível através do tempo e do espaço para seus semelhantes, de geração em geração. A mesma coisa acontece com todas as criações estéticas que marcaram nossa história. E isso testemunha a beleza que representa a identidade incontestável do gênero humano. Entretanto, a expressão da beleza como necessidade provada de nossa espécie não é consensualmente aceita. As apreciações de beleza divergem sob a influência de valores nos quais se baseiam as diversas culturas. Assim, o belo para uns pode ser feio para outros. O conceito de beleza é, nesse caso, subordinado à subjetividade humana e, por conseguinte, objeto de antagonismos, e até mesmo de conflitos. O pintor que exalta o corpo humano em sua nudez pode agradar uns e desagradar outros. A mesma coisa acontece com uma magnífica sonata de Mozart, que pode ser apenas um barulho incompreensível para quem não foi preparado por sua cultura para apreciá-la.

Como fazer então para que a beleza de natureza universal possa operar a unidade profunda na diversidade, satisfazer às necessidades do ser humano, frágil e efêmero, e sublimar o que constitui sua experiência tangível e intangível, para libertá-lo do esquecimento, imortalizando-o? A arte, entretanto, supostamente a serviço do belo, pode igualmente estetizar a feiura e tornar assim inteligível, segundo a interpretação do artista, a mensagem da qual ela é portadora para nosso conhecimento. Existe, igualmente, esse paradoxo que faz com que um ser humano, que dedica sua vida à expressão da beleza, possa não ter se liberto da fealdade em sua própria vida. Que relação pode ter a beleza com uma arte subserviente às pulsões mais feias, como os hinos à violência guerreira, esteticamente bem construídos para mobilizar as multidões e atiçar o ódio, assim como as narrativas heroicas que relatam epopeias sangrentas? Essa beleza singular não é, certamente, para salvar o mundo.

Todas essas ambiguidades, longe de esclarecerem o conceito de beleza, o complicam muito mais. Durante todo o percurso de sua história, o ser humano produziu, ao mesmo tempo, o belo e algumas feiuras inacreditáveis: músicas, pinturas, poemas, monumentos, belas arquiteturas, belos jardins, belas roupas... Ele marcou seu itinerário com obras extraordinárias, mas sob um pano de fundo de massacres contra sua própria espécie e contra a natureza da qual ele clama, ao mesmo tempo, a beleza. Às vezes, evoca-se esses homens que se deleitam com a música e com tudo o que a arte pode lhes oferecer para admirar, ao mesmo tempo em que infligem as piores sevícias aos homens, às mulheres e às crianças, que as guerras ou outras circunstâncias trágicas põem ao alcance dos seus mais feios instintos. A arte como expressão da beleza pode, talvez, ter atenuado ou amenizado os costumes, mas não salvou o mundo. Os episódios mais trágicos, no qual o ser humano atingiu o ápice da fealdade, por um horror imputável somente a ele, inspiram a arte do cinema, da literatura, da pintura...

No entanto, também é no cerne do horror que alguns seres humanos mostram, às vezes, mesmo correndo risco de morte, o poder e a beleza da compaixão. Hoje, mais do que nunca, devemos constatar que o ser humano espalhou de mil maneiras a feiura no mundo. Ele a universalizou e, enquanto nós nos autocongratulamos, enquanto nos recompensamos com nossas criações artísticas, florestas, oceanos e inúmeras criaturas são, a cada dia, destruídos. A cada dia, crianças morrem na indiferença por causa da falta de alimentos e de cuidados. A cada dia, a guerra econômica atira massas de pessoas na miséria. A cada dia, armas de destruição são construídas e espalhadas pelo mundo. Todas essas fealdades são hoje banalizadas. Nossa esfera de vida, cujo esplendor é evidente para qualquer consciência atenta, é ultrajada a cada instante pela feiura.

Alguns entre nós se sentem feridos pelos traumatismos infligidos a essa realidade a qual nós pertencemos e que, com esse poder criativo misterioso, fez de cada um de nós uma verdadeira obra-prima sem que nós tenhamos realmente consciência disso. Para além de qualquer maniqueísmo e de considerações morais primárias, a fealdade destrutiva e a beleza construtiva convivem em cada um de nós. O melhor e o pior são, evidentemente, determinados por nossa maneira de ser no mundo que nós construímos, e esse mundo pode ser salvo pelo que nós guardamos de melhor: a compaixão, o compartilhamento, a moderação, a igualdade, a generosidade e o respeito por todas as formas de vida. Essa beleza é a única capaz de salvar o mundo. Porque ela se alimenta desse fluido misterioso de uma potência construtiva que nada pode igualar, e que nós chamamos de Amor.

Posfácio

O movimento a favor da Terra e do humanismo

Como agir?

Uma nova concepção da política

Não tem um dia em que eu não escute na saída das conferências, dos estágios, nos encontros com os amigos e em reuniões de bairro o mesmo apelo: "O que se pode fazer?" Já faz alguns anos que eu encontro um número cada vez maior de pessoas que se sentem profundamente tocadas pelas crises que nós atravessamos e aspiram a um mundo mais justo e mais igualitário, onde a natureza seja respeitada e onde nossos modos de funcionamento individuais e coletivos sejam mais coerentes.

Ao mesmo tempo, vejo alternativas sendo desenvolvidas em uma velocidade cada vez maior na sociedade civil. Um número considerável de movimentos, associações e grupos de pessoas – que não estão, na maioria, ligados uns aos outros – são criados pelos quatro cantos da França e do mundo, aumentando a massa de pessoas e organizações que, já há décadas, se engajam no uso de medidas ecológicas ou sociais.

Não posso, então, deixar de pensar: por que essa massa que procura não encontra essa multidão que propõe? Por que não se consegue criar uma formidável sinergia de competência e de meios na hora em que os perigos são iminentes e os desafios são mais determinantes para a sobrevivência de nossa humanidade?

As "soluções" já existem

De maneira geral, pode-se dizer que a maioria das "soluções" para a crise já existem em protótipo na sociedade civil: novas tecnologias; novos meios de produção, distribuição e consumo; novos meios de comunicação e de intercâmbio entre os indivíduos ou entre as organizações; novos processos de decisão; novos meios de habitação individuais e coletivos; novos meios de educação; novas moedas...

Poderíamos dar uma lista ao acaso:

- As telhas fotovoltaicas em São Francisco que isolam e criam energia para as residências.
- O microcrédito na África que permite que os camponeses reconstituam pequenas criações de cabras para consumo próprio;
- Os trabalhadores dos pântanos salgados de Guérande, que transmitem gratuitamente seus conhecimentos para os camponeses da Guiné, o que lhes permite aumentar em 30% sua produção de arroz por hectare, preservando ao mesmo tempo seu meio ambiente (especialmente, suas florestas).
- Jacques Gasc, agrônomo e economista, que plantou em quinze anos mais de 30 mil árvores no Senegal, graças a uma técnica revolucionária e, no entanto, simplíssima de irrigação.
- As universidades gratuitas da África do Sul que contribuíram para a queda drástica da taxa do desemprego e da criminalidade;
- Os jardins fitodepuradores da cidade de Wuhan, no centro da China, que permitem a recuperação de 100% do esgoto e a redução de 50% do consumo de água potável de um dos bairros da cidade.
- O processo Volcano, inventado por um agricultor do Nord-Pas-de-Calais, que reduz em 50% o consumo de *diesel* de um veículo ao se adicionar água em um oxigenador (isso permite uma economia de 3 mil euros de *diesel* no uso de um trator em funcionamento durante 750 horas por ano) e que já é usado em mais de 250 máquinas agrícolas e barcos de pesca.

Mas essas alternativas, por mais pertinentes que sejam, só podem ter um impacto forte se a lógica da sociedade em que elas se inscrevem e a lógica das pessoas que as usam forem repensadas.

O exemplo das AMAP – Associação para a manutenção de uma agricultura camponesa [9] – no "norte"

Como descreve Pierre Rabhi, o perigo alimentar é hoje um dos grandes desafios que as sociedades do "Sul", mas também as do "Norte", deverão enfrentar. Entre os fatores já citados, a rarefação do petróleo e o aumento vertiginoso do preço do barril contribuirão para subverter nossa capacidade de nos alimentar. Não somente as mercadorias só poderão ser encaminhadas para o consumo a preços exorbitantes e se tornarão, a cada dia, objeto de mais especulações (o que começamos a constatar hoje em dia), mas custarão cada vez mais caro para serem produzidas no sistema convencional (é preciso cerca de 2,5 toneladas de petróleo para uma tonelada de adubo).

Produzir naturalmente e consumir localmente nos circuitos que não são submetidos às flutuações do mercado se tornará, então, uma necessidade incontornável para enfrentar a crise.

Mas o que constatamos hoje?

Em primeiro lugar, que o território francês produz uma parte infimamente minoritária da alimentação consumida por sua população.

Em segundo lugar, que a lógica do mercado obriga os agricultores hoje, de maneira quase estrutural, a cultivarem de modo industrial e químico monoculturas em imensas superfícies, com a sua renda sendo sempre garantida mais pela quantidade e pelas subvenções do que pela qualidade e pela coerência.

Então como fazer?

Para responder a essa questão, alguns cidadãos decidiram reassumir a responsabilidade pela produção de seus alimentos e, consequentemente, por sua procedência, por seu modo de cultivo, por sua qualidade...

O sistema (importado do Japão e depois dos Estados Unidos por Denise e Daniel Vuillon) é simples:

---

9. No original: Association pour le Maintien d'une Agriculture Paysanne. (N. E.)

- Consumidores se agrupam (geralmente entre trinta e oitenta) e compram antecipadamente a colheita de um produtor (pode ser de frutas, legumes, carne, queijo, ovos...).
- Dessa maneira a renda é assegurada pelos consumidores, evitando assim que o produtor seja prisioneiro das flutuações do mercado e das pressões das redes atacadistas. Isso permite, igualmente, que ele compartilhe os riscos de uma colheita ruim. O produtor está, assim, livre para produzir organicamente, em policultura e em áreas menores.
- A cada semana, ele vem distribuir as cestas de produtos a 10 ou 15 euros para os membros da associação.

Podemos nos perguntar qual o impacto de tal alternativa e que outra lógica ela cria. Olhando bem, trata-se de uma transformação considerável.

Comprar suas frutas e legumes orgânicos localmente permite na realidade:
- Participar da segurança alimentar da população (pela preservação dos patrimônios alimentares e da atividade dos camponeses locais).
- Preservar o tecido social local.
- Criar empregos (privilegiando múltiplas plantações de tamanho reduzido em vez de vastos desertos de monocultura mecanizados e explorados por um número reduzido de agricultores).
- Favorecer a qualidade alimentar e a saúde pública (pesticidas nas águas, nos alimentos, no ar interior e exterior).
- Evitar a poluição das águas.
- Desenvolver a diversidade dos modos de vida e das regiões.
- Zelar pela saúde da terra (aproximadamente 30% das terras férteis foram esterilizadas ou cobertas com uma crosta calcárea por práticas intensivas durante os últimos trinta anos).
- Reduzir os transportes, erradicar os adubos e limitar, assim, o impacto do aquecimento global.

- Preservar a biodiversidade (os pesticidas e outros insumos prejudicam gravemente a fauna e a flora).
- Participar da conservação das sementes e desfrutar de todas as variedades quase sempre ausentes dos supermercados e açougues tradicionais (antigos tipos de tomates, confrei, etc.).
- Participar de uma repartição igualitária das riquezas e limitar as "migrações humanas" de populações (o uso maciço de subvenções e as quantidades consideráveis produzidas permitiram a redução do custo de transporte das mercadorias a 1% de seu custo global. Pode-se então encontrar frutas e legumes europeus em Dacar três vezes mais baratos do que os produtos locais. O que acaba com qualquer possibilidade de os camponeses locais viverem de sua atividade...).

Uma simples escolha (comprar frutas e legumes de produtores locais em vez de comprá-los em supermercados que adquirem seus produtos de uma cadeia industrial de produção) tem um impacto muito importante. Se multiplicada essa escolha e o conjunto de seus impactos pelos milhões de cidadãos que somos, é possível imaginar mais facilmente como a sociedade pode mudar e como nós podemos retomar o poder sobre nosso futuro, individualmente e coletivamente.

Ainda mais por já existirem exemplos equivalentes na educação, nas moradias, nos transportes, na saúde...

A era do Lego

Não é preciso necessariamente inventar novas iniciativas (apesar de a pesquisa continuar a ser primordial em certo número de áreas), mas é preciso interligá-las, recriar sinergias poderosas e comunicá-las a todas e a todos que buscam os meios de dar uma coerência às suas aspirações e aos seus modos de vida.

Como diz Van Jones, advogado californiano especialista em direitos sociais e ambientais: nós entramos na era do velcro e do Lego, dos construtores de pontes.

Cada um de nossos atos é um voto. Mas para que mundo nós votamos?

Para atender a essa necessidade, o Movimento pela Terra e pelo Humanismo foi estruturado, impulsionado por Pierre Rabhi, como uma plataforma para que os dois movimentos convergentes da sociedade civil (o que procura e o que propõe) possam se encontrar.

Desse encontro, nós esperamos que uma nova atitude em relação à sociedade e à vida de maneira geral surja em inúmeras pessoas. Uma postura eminentemente política, por ser consciente, responsável e atuante.

Nós esperamos dar novamente a cada pessoa e a cada grupo de pessoas que assim o desejarem mais poder de escolha, de votar para o surgimento de um mundo que eles desejem, por meio de cada um de seus atos cotidianos: alimentar-se, vestir-se, deslocar-se, alojar-se, educar-se, informar-se, intercambiar...

Não se trata de questionar o mérito da representação política, mas de combiná-la um engajamento prático e esclarecido de cada cidadão.

Em nosso mundo globalizado cada ato é um voto. Às vezes, não é fácil se convencer disso, visto que nossos sistemas são complexos e nossas atividades desconectadas umas das outras, como em uma gigantesca linha de montagem. Pode parecer incoerente acreditar que a escolha de um tomate, de um frango ou de uma roupa, que a atenção que damos às pessoas com as quais convivemos a cada dia ou que a escolha dos sistemas de administração dos lugares onde trabalhamos possam mudar a orientação da humanidade. No entanto, foi essa soma de pequenas escolhas, estimuladas por uma visão consumista e produtivista do mundo, que nos levou aonde nos encontramos agora. Já o exemplo da AMAP ilustra aquilo que uma dinâmica inversa pode ter de criativo.

A questão é, mais do que nunca, saber como nós podemos participar, em nosso nível, da criação de um mundo em que queiramos viver, ao mesmo tempo interconectando o conjunto de nossos projetos, de nossas culturas e de nossos modos de vida, em sua diversidade, suas singularidades e sua autonomia.

Nós não queremos mais que um sistema econômico ou que uma ideologia política traga todas as respostas às questões da sociedade, não queremos mais que apenas nossos políticos ou que apenas nossos empreendedores deem suas orientações ao mundo. Nós escolhemos, hoje, retomar as rédeas do nosso destino e do destino dos nossos filhos. Nós fazemos isso com todo o ardor que uma tarefa que tem sentido possa nos oferecer. Nós fazemos isso passo a passo e em nosso nível, na esperança de que nossos passos sejam seguidos por muitos outros e que a humanidade esteja logo, em seu conjunto, em condições de escolher seu futuro em vez de padecê-lo.

Cyril Dion,
Diretor do movimento
a favor da Terra e do humanismo

Alguns exemplos de realizações ligadas ao movimento a favor da Terra e do humanismo

Inspirar e promover novos modos de vida

O objetivo do Movimento pela terra e pelo humanismo é, antes de tudo, inspirar e promover, em nível local, novos modos de vida que colocam o humano e a natureza no centro das prioridades da sociedade.

Porque apesar de ser imperativo alertar, nós acreditamos que é ainda mais importante inspirar pondo em evidência modelos alternativos, conviviais e portadores de qualidade de vida.

Apesar, evidentemente, da necessidade de grandes esforços serem feitos para ajudar populações em perigo e de medidas serem tomadas para limitar ou consertar os danos causados pelas poluições, é ainda mais crucial erradicar a raiz de todas essas catástrofes. É a razão pela qual nós escolhemos concentrar nossos esforços na transformação das consciências e de nossos modos de vida na sociedade civil, na França e, mais geralmente, no Ocidente, onde o cunho ecológico e social de cada habitante é mais prejudicial.

Eis alguns exemplos de alternativas autônomas desenvolvidas na rede do Movimento.

1. Como cultivar a terra, melhorar sua fertilidade, aumentar seus rendimentos e perenizar seu capital sem usar nenhum insumo químico? Como dar novamente aos camponeses mais desfavorecidos a capacidade de se alimentar por si mesmos?

Há mais de dez anos, a associação Terre et humanisme [Terra e humanismo] ensina ao grande público as técnicas da agroecologia na quinta de Beaulieu. Ela também trabalha, paralelamente, em ações internacionais para ensinar novamente aos camponeses das zonas áridas técnicas que lhes assegurem autonomia e soberania alimentar.

Inspirando-se na ordem e no equilíbrio naturais, a agroecologia é, ao mesmo tempo, uma ética e uma prática que respeita o ser vivo, permitindo a preservação e a melhoria da fertilidade da terra. Ela permite responder aos critérios de segurança e de salubridade alimentares, protegendo, ao mesmo tempo, os patrimônios alimentares.

VANTAGENS ECOLÓGICAS: manutenção e regeneração dos solos, fornecimento de húmus que garante sua boa fertilidade, aperfeiçoamento do uso da água, respeito e proteção à biodiversidade, luta contra a erosão e contra a desertificação que pode ser aplicada em terras áridas.

VANTAGENS ECONÔMICAS: redução considerável dos custos de produção devido à inutilidade do uso de insumos químicos (adubos, pesticidas etc.) nocivos e caros, alternativa adaptada à precariedade dos meios financeiros dos países do Sul, relocalização da economia pela valorização dos recursos locais, redução dos transportes geradores de dependência energética e destruidores dos espaços naturais.

VANTAGENS SOCIAIS: autonomia alimentar dos indivíduos e das coletividades locais, mantendo, ao mesmo tempo, as trocas complementares, fatores de abertura e de convivência; redução dos fluxos migratórios e da emigração da miséria; produção quantitativa de uma alimentação de qualidade, garantia de boa saúde.

http://www.terre-humanisme.fr

2. Como repensar nossos modos de educação, produção, transformação, construção, moradia, gestão da água e da energia? Como recriar zonas de autonomia?

2.1. O centro de Les Amanins

O ecocentro de Les Amanins é um verdadeiro lugar de experimentação de um modo de vida agroecológico. Ele acolhe o ano inteiro visitantes em temporadas curtas ou longas.

Grande parte da alimentação é produzida, transformada e consumida no local.

A energia é autogerada por painéis solares, por um aerogerador e por uma caldeira à lenha.

As construções foram feitas de maneira totalmente ecológica, energeticamente econômica, com materiais naturais e locais.

A água da chuva é recuperada em cisternas e serve para a irrigação das plantações.

Um sistema de fitodepuração trata o esgoto que pode, assim, ser reutilizado.

Uma escola foi implantada no local, permitindo que as crianças aprendam com o contato com a natureza e sejam particularmente sensibilizadas pelas questões ecológicas.

http://lesamanins.com

2.2. La Borie

O ecosítio de La Borie é um lugar de intercâmbio e de experimentações que acolhe grupos, jovens que vêm prestar serviços, voluntários europeus, estagiários, bons samaritanos...

Ele organiza atividades em torno da educação para o meio ambiente, dentro ou fora do sítio, formações baseadas em ações concretas, estágios temáticos para os estudantes e o público em geral, acompanhamentos de trabalhos e conselhos sobre todos os assuntos[10].

http://ecolieuxdefrance.free.fr/LES_SITES/Ecosite_la_Borie.htm
http://www.pierreseche.net/laborie.htm

3. *Como repensar a educação das crianças substituindo a competição pela colaboração, a dependência pela autonomia, o desempenho pela realização pessoal? Como recriar um laço intergeracional entre os mais jovens e os velhos?*

Desde 1999, a Ferme des enfants [Fazenda das crianças] propõe uma pedagogia montessoriana na fazenda para crianças do ensino

---
10. Malote ou correio.

infantil e fundamental. Essa escola oferece, às famílias que desejarem, a escolha de uma pedagogia diferente para atender às aspirações e à busca pessoal no acompanhamento da criança.

A pedagogia adotada pela escola se baseia, em especial, nos seguintes fundamentos:

- Uma educação para a vida: aquisição de saberes e habilidades indispensáveis (competências escolares, vida prática, jardinagem, bricolagem, artesanato), conhecimento de si e desenvolvimento da consciência;
- Uma educação voltada para a paz: prática de conselhos de crianças e experimentação de um sistema democrático, comunicação não violenta, atenção e gestão das emoções etc.
- Uma educação voltada para a ecologia: descoberta e conhecimento do meio ambiente, de seu potencial, de sua diversidade; gestão responsável dos recursos; práticas ecológicas; triagem e reciclagem de resíduos etc.
- Uma educação social: uma pedagogia do encontro com artistas, profissionais, cientistas, viajantes e convivência com pessoas aposentadas.

A Ferme des enfants foi a base da criação de um local de vivência pedagógica, ecológica e intergeracional. A escola é, assim, integrada a um vilarejo construído com materiais totalmente ecológicos e com alto desempenho energético, protegido da especulação financeira por disposições legais particulares, destinado a acolher aposentados, pessoas solteiras em atividade, casais ou famílias.

Os "ativos" justificam sua presença nesse lugar por uma adesão à carta ética e por uma participação profissional coerente com a vocação desse local, nas áreas do ensino, da ecologia, da agricultura ou do artesanato. A presença de aposentados no local permite reencontrar um laço social natural presente em várias sociedades do mundo onde os mais velhos não são excluídos e se tira proveito disso. Esses aposentados podem ainda ser muito ativos e participarem da vida local (jardinagem, participação das tarefas cotidianas, arte, artesanato), ou até mesmo desejar mais repouso segundo seus desejos e suas possibilidades. Eles devem, obrigatoriamente, se comprometer com os valores que unem a comunidade inteira e, segundo sua escolha, participar no seu próprio ritmo de sua construção. Dessa maneira, crianças e idosos podem compartilhar suas experiências e a educação dos mais jovens se beneficiam da contribuição dos mais velhos. Um pomar e uma horta proporcionam a essa convivência em especial uma ocasião de se expressar o mais perto possível da natureza, enquadrada em um projeto agroecológico. A eliminação das barreiras das gerações permite aos diferentes protagonistas investirem em uma relação proveitosa para todos, abrindo o espírito e o coração.

http://www.la-ferme-des-enfants.com

4. Como melhorar sua qualidade de vida quando se tem poucos recursos financeiros? Como recriar a atividade econômica e a vida social em zonas rurais desertificadas? Como articular o laço entre a cidade e o campo?

Pierre Rabhi, que nasceu em um oásis, sempre foi sensível ao simbolismo desses lugares de revitalização, aninhados no coração dos desertos. Para responder à desertificação humana, econômica e moral, iniciou o Movimento dos Oásis em Todos os Lugares.

Assim, várias pessoas se estabeleceram sozinhas ou em grupos em lugares onde trabalharam arduamente para reconstruir sua autonomia. A princípio, reencontrando os conhecimentos e habilidades (horta, autoconstrução etc.), mas também recriando um laço social precioso e facilitador. Inúmeras experiências permitiram, dessa maneira, que esses pioneiros economizassem muito dinheiro compartilhando alguns de seus bens, algumas de suas habilidades e de suas competências: mutirão de construções de casas, compartilhamento de carros para ir à estação de trens, eletrodomésticos (máquina de lavar roupas), hortas... Eles são a prova de que, hoje, é possível fazer com que a riqueza seja baseada em outra coisa que não unicamente a capacidade financeira, e que podemos nos beneficiar de uma grande qualidade de vida graças a um outro paradigma de sociedade.

Os Oásis em Todos os Lugares são hoje membros da rede europeia das ecovilas.

BP 14, 07230 Lablachère. Tel.: 00 xx 33 04 75 39 37 44
mouvementdesoasisentouslieux@orange.frr

5. Como tornar coerente as proclamações religiosas dos textos sagrados sobre a proteção de todas as formas de vida e a realidade de um mosteiro? Como conciliar uma vida dedicada à espiritualidade e uma atividade econômica?

Todos os textos religiosos estão de acordo ao declarar que a Criação divina é "sagrada". No entanto, pouquíssimos religiosos estão hoje comprometidos com a ecologia, em seus atos ou mesmo em suas proclamações. Como explicar esse paradoxo?

No mosteiro ortodoxo de Solan, essa coerência foi conseguida graças ao encontro dos monges e das monjas com Pierre Rabhi.

A propriedade foi assim estruturada de modo coerente e respeitando o meio ambiente:

- Os religiosos cultivam uma horta agroecológica que garante o essencial de seu consumo de legumes tanto para os religiosos e religiosas quanto para os hóspedes.
- A propriedade é objeto de um programa exemplar de proteção da biodiversidade, comandado pelas irmãs.
- Ela vive hoje da produção de vinho orgânico (aproximadamente 30 mil garrafas anuais), sendo que um dos vinhos crus foi premiado em um concurso regional.

Essa experiência permitiu o encontro entre Pierre Rabhi e o patriarca ortodoxo da Romênia. Um vasto programa para aplicar a agroecologia em todos os mosteiros do país está atualmente em estudo. Isso permitiria a preservação de uma parte não negligenciável do precioso campesinato do país e a alimentação de várias centenas de milhares de pessoas com mercadorias de qualidade.

Mosteiro de Solan, 30330, La Bastide-d'Engras.
Tel.: 00 xx 33 04 66 82 94 25r

6. Como suscitar o entusiasmo político onde ele não existe mais? Como dar novamente à sociedade civil todo o seu lugar na articulação da sociedade (política, econômica, sociedade civil)?

O Movimento de Conclamação a uma Insurreição das Consciências[11] – MAPIC – foi constituído a partir dos princípios básicos da pré-candidatura de Pierre Rabhi à eleição presidencial de 2002. Ele trabalha para uma mudança radical da sociedade iniciada pelas mudanças individuais e reforçada pela ação coletiva. Por meio das relações não violentas de escuta mútua, o MAPIC desenvolve uma pedagogia para passar do sentimento de impotência à tomada de responsabilidades.

- Despertar e tomar consciência;
- Levantar-se e agir.
- Ele desenvolve qualquer alternativa que favoreça o tecido social de proximidade, dando início a ela ou em parceria.

A ação de seus membros se situa em diferentes níveis:

- "Desenvolvimento pessoal" e busca de coerência nos gestos cotidianos.
- Ações e realizações locais (economia solidária, eventos culturais, fóruns de cidadãos).
- Projetos, campanhas e ações em rede, em todos os níveis, do local ao internacional (promoção de alternativas em matéria de alimentação e de saúde, de agricultura, das energias renováveis, de finança ética, de política global).

http://www.pierrerabhi.org/blog/index

---

11. No original: Mouvement Appel pour une insurrection des consciences. (N. E.)

O que o movimento a favor da Terra e do humanismo propõe?

1. Alguns instrumentos de sensibilização que permitam a compreensão dos desafios e das motivações da crise atual e as pistas das soluções para sair dela:

- Documentários (lançamento em 2010 de um documentário dirigido por Coline Serreau[12], parceria com filmes como *We feed the world*[13], *Herbe*[14] ...).
- Livros (coleção coeditada com Actes Sud e difusão de livros em parceria).
- Estágios.
- Conferências, animação de debates (depois de projeções de filmes, eventos);

Websites:
Blog de Pierre Rabhi – http://pierrerabhi.org/blog
O Movimento no Facebook – https://www.facebook.com/terreethumanisme
Site do Movimento – http://terre-humanisme.org/
E *sites* das associações parceiras citadas anteriormente.

2. Um portal de atores que permitem saber como agir:

- Propostas de ações e de modos de vida, e os meios de colocá--los em prática perto de casa (encontrar os produtores, artesãos, formadores, construtores).

---

12. *Solutions locales pour un désordre global* [Soluções locais para uma desordem global]. França, 2010, 113 minutos. (N. E.)
13. *Nós alimentamos o mundo*. Direção: Erwin Wagenhofer. Áustria, 2005, 96 minutos. (N. E.)
14. Direção: Olivier Porte e Matthieu Levain. França, 2008, 76 minutos. (N. E.)

- A possibilidade de enriquecer individual ou coletivamente o site com novas propostas.
- A possibilidade de indicar atores (AMAP, feiras orgânicas, eco-construtores, locais de educação sobre a natureza, de formação em agroecologia...) para enriquecer a plataforma e transformá-la em uma ferramenta colaborativa.

3. Um anuário permitindo encontrar as associações ou grupos locais para poder se inscrever perto de sua casa e participar da organização de seu bairro, de sua comunidade.

4. Um site colaborativo que permita:

- Manter relações com um grande número de pessoas e de estruturas que respeitem os valores da *Carta pela terra e pelo humanismo*.
- Construir coletivamente projetos em escala local, regional e nacional, compartilhando as competências, as experiências e os recursos.
- Conhecer os projetos e ações em andamento em escala local;
- Produzir coletivamente conteúdos teóricos ou práticos (fichas práticas, guias, manuais de instrução).

5. Para as organizações, associações e grupos locais:

A possibilidade de tornar conhecidas sua estrutura e suas ações pelo grande público e pelas pessoas abrangidas em escala local (o Movimento não propõe, com efeito, adesão, mas encoraja as pessoas a aderirem às associações ou aos grupos perto de suas casas): presença no anuário do portal de *internet* com fichas descritivas sobre a estrutura; possibilidade de encontrar novos aderentes e – potencialmente – novos recursos.

6. Para os atores da economia social e solidária (alimentação, artesanato, moradia, saúde, educação).

A possibilidade de se tornar conhecido pelas pessoas em busca de coerência em seus modos de vida com fichas descritivas no portal do Movimento e uma geolocalização graças ao mapa.

Mais informações em: http://terre-humanisme.org.

Cyril Dion,
*Diretor do movimento
a favor da Terra e do humanismo*

Anexo

Que planeta deixaremos para nossas crianças?

Que crianças deixaremos para o planeta?

Carta internacional a favor da Terra e do humanismo

O planeta Terra é hoje o único oásis de vida que nós conhecemos no meio de um imenso deserto sideral.

Tomar conta dele, respeitar sua integridade física e biológica, aproveitar seus recursos com moderação, instaurar a paz e a solidariedade entre os humanos, respeitando toda forma de vida, é o projeto mais realista e mais magnífico que existe.

Constatações: a Terra e a humanidade gravemente ameaçadas

O mito do crescimento ilimitado

O modelo industrial e produtivista no qual está fundamentado o mundo moderno pretende aplicar a ideologia do "sempre mais" e a busca do lucro ilimitado em um planeta limitado. O acesso aos recursos é feito pela pilhagem, pela competitividade e pela guerra econômica entre os indivíduos. Dependente da combustão energética e do petróleo, cujas reservas estão se esgotando, esse modelo não pode ser generalizado.

Os plenos poderes do dinheiro

Medida exclusiva de prosperidade das nações classificadas segundo seu PIB e seu PNB, o dinheiro assumiu plenos poderes sobre o destino coletivo. Assim, tudo o que não tem uma paridade monetária não tem valor e cada indivíduo é obliterado socialmente se não tiver renda. Mas, se o dinheiro pode realizar todos os desejos, continua incapaz de oferecer a alegria, a felicidade de existir...

O desastre da agricultura química

A industrialização da agricultura, com o uso maciço de adubos químicos, de pesticidas e de sementes híbridas e a mecanização excessiva, provocou danos graves à terra-mãe e à cultura camponesa. A humanidade se expõe a fomes sem precedentes, já que não pode produzir sem destruir.

Humanitarismo na falta de humanismo

Enquanto os recursos naturais são hoje suficientes para satisfazer às necessidades elementares de todos, penúrias e pobreza não param de se agravar. Uma vez que o mundo não foi organizado com humanismo, igualdade, compartilhamento e solidariedade, nós temos que recorrer ao paliativo do humanitarismo. A lógica do bombeiro piromaníaco se tornou a norma.

Desconexão entre o humano e a natureza

Majoritariamente urbana, a modernidade edificou uma civilização "em escala industrial", desconectada das realidades e das cadências naturais, o que apenas agrava a condição humana e os danos infligidos à terra.

Tanto no Norte como no Sul, fome, desnutrição, doença, exclusão, violência, mal-estar, insegurança, poluição dos solos, das águas, do ar, esgotamento dos recursos vitais e desertificação não param de crescer.

Propostas: viver e tomar conta da vida

Encarnar a utopia

A utopia não é a quimera, mas sim o "não lugar" de todos os possíveis. Diante dos limites e dos impasses de nosso modelo de existência, ela é uma pulsão de vida, capaz de tornar possível o que nós consideramos impossível. É nas utopias de hoje que se encontram as soluções de amanhã. A primeira utopia deve se incarnar em nós mesmos, porque a mutação social não será feita sem a mudança dos humanos.

A terra e o humanismo

Nós reconhecemos na Terra, bem comum na humanidade, a única garantia de nossa vida e de nossa sobrevivência. É em plena consciência que nós nos engajamos, sob a inspiração de um humanismo ativo, a contribuir para o respeito a todas as formas de vida e para o bem-estar e a realização pessoal de todos os seres humanos. Por fim, consideramos a beleza, a sobriedade, a equidade, a gratidão, a compaixão e a solidariedade como valores indispensáveis para a construção de um mundo viável e onde todos possam viver.

A lógica do Vivo

Nós consideramos que o modelo dominante atual não é adaptável e que uma mudança de paradigma é indispensável. O Humano e a Natureza devem ser urgentemente colocados no centro de nossas preocupações e devemos utilizar todos os nossos meios e competências a seu serviço.

O feminino no cerne da mudança

A subordinação do feminino a um mundo masculino excessivo e violento continua a ser um dos grandes empecilhos à evolução positiva do gênero humano. As mulheres têm uma tendência maior a proteger a vida do que a destruí-la. Devemos prestar homenagem às mulheres, guardiãs da vida, e escutar o feminino que existe em cada um de nós.

Agroecologia

De todas as atividades humanas, a agricultura é a mais indispensável, porque nenhum ser humano pode passar fome. A agroecologia, que nós preconizamos como ética de vida e técnica agrícola, permite que as populações retomem sua autonomia, segurança e salubridade alimentares, ao mesmo tempo que regeneram e preservam seus patrimônios alimentares.

Simplicidade feliz

Diante do "sempre mais" indefinido que arruína o planeta em benefício de uma minoria, a sobriedade a é uma escolha consciente inspirada pela razão. Ela é uma arte e uma ética de vida, fonte de satisfação e de bem-estar profundo. Ela representa um posicionamento político e um ato de resistência em favor da terra, do compartilhamento e da equidade.

Relocalização da economia

Produzir e consumir localmente se impõe como uma necessidade absoluta para a segurança das populações em relação a suas necessidades elementares e legítimas. Sem se fechar às trocas complementares, os territórios se tornariam então berços autônomos, valorizando e guardando seus recursos locais. Agricultura de dimensão humana, artesanato, pequenos comércios etc. Deveriam ser reabilitados a fim de que o máximo de cidadãos possam se tornar novamente atores da economia.

Uma outra educação

Nós desejamos, com toda a nossa razão e com todo o nosso coração, uma educação que não esteja baseada na angústia do fracasso, mas no entusiasmo de aprender. Que o "cada um por si" seja abolido para que se possa exaltar o poder da solidariedade e da complementariedade. Que os talentos de cada um sejam colocados a serviço de todos.

Uma educação que equilibre a abertura do espírito para os conhecimentos abstratos com a inteligência das mãos e a criatividade concreta. Que crie um laço entre a criança e a natureza – a qual ela deve e sempre deverá sua sobrevivência –, e que a desperte para a beleza e para a sua responsabilidade com relação à vida. Porque tudo isso é essencial para a elevação de sua consciência...

> *Para que as árvores e as plantas se desenvolvam, para que os animais que se alimentam delas prosperem e para que os homens vivam é preciso que a Terra seja honrada.*
>
> Pierre Rabhi